花嫁はシンデレラ

CROSS NOVELS

真船るのあ
NOVEL:Runoa Mafune

緒田涼歌
ILLUST:Ryoka Oda

CROSS NOVELS

CONTENTS

CROSS NOVELS

CONTENTS

花嫁はシンデレラ

Cinderella

Presented by
Runoa
Mafune
with Ryoka Oda

Story
真船るのあ

Illust
緒田涼歌

CROSS NOVELS

夏が終わり、厳しかった残暑も落ち着いてきた、九月も終わりに近いこの季節。

都内某所にある、小さな洋食店は夕食時ということもあって、大勢の客達で賑《にぎ》わっていた。

創業三十年になる、その店の名は『洋食　キッチン一条《いちじょう》』。

大通りから一本奥に入った、知る人ぞ知るといった雰囲気のその店の外観は、昔ながらの洋食店という表現がぴったりだ。

昔は白かった壁も築年数を経ているせいもあり、少しばかりくすんできてしまっている。

客達のお目当ては、値段はリーズナブルだが味は本格的な洋食の数々と、中でもこの店の人気ナンバーワンの季節野菜と手造りソーセージのポトフだ。

「ご馳走さま、今日もうまかったよ」

常連客の言葉に、彼、一条希望《のぞむ》はとっておきの笑顔で応じた。

「ありがとうございました、またのお越しをお待ちしてます」

バンダナできっちり髪を覆い、白のコックコートに黒の前掛けを締めたその姿は、一応ギャルソンに見えはするものの、十九になっても骨が細く痩せ型のせいか、たまに女性に間違われてしまうほど華奢《きゃしゃ》だ。

レストランでの仕事はそれなりに肉体労働なのだが、ちっとも筋肉がつかないのが現在の希望の悩みのタネだった。

そう広くない店内は入り口から正面奥へＬ字形に曲がっていて、客席は二十席。

だが店員は厨房を預かる持田《もちだ》シェフと希望の二人しかいないので、ランチタイムや夕食時はそれこそ息つく暇もない。

あまりに手が足りない時には、希望が休みの日に入ってもらっているアルバイトの大学生に緊急招集をかける日もあるが、基本この店はたった二人で回していた。

「ふぅ……今日も一日終わりましたね」

最後の客を見送り、店の看板の灯りを落として店内へしまうと、ようやく一日が終わったとほっとする。

「持田シェフ、今日もお疲れさまでした」

店の厨房を一手に引き受ける持田は、この店創業当時から勤める古株で、とても頼りになる存在だ。

白髪交じりになってきた髪を角刈りにした姿は、往年の映画俳優のようでなかなか渋い。

もうじき六十の声を聞く持田だが、最近の若者にはまだまだ負けけんと元気に鍋を振っている。

「希望くんこそ、疲れただろう。少しは休憩したら？」

「いえ、時間ないんで閉店準備しちゃいますね」

壁の時計を見上げ、希望は急いで店内の椅子を上げ、床にモップをかけ始める。

店の閉店時間は、午後九時。

後片付けを終え、店から自転車で十五分ほどの距離にある自宅へ急いで帰らないとならなかった。

綺麗に掃除を終え、急いで着替えようと思っていると、準備中の札をかけたはずの入り口の扉が開き、ヒールの音高く一人の女性が入ってくる。

数百万はするセーブルの毛皮を羽織った、その四十代半ばとおぼしきその女性は、心持ち顎を上げて高慢な仕草でかけていたブランドのサングラスを外した。

「お義母《かあ》さ……社長」

彼女、一条麻利子《まりこ》は四年前、父が再婚した女性だ。

実の母親は希望がまだ小学生の頃に病気で亡くなってしまったので、以来父は男手一つで希望を育て上げてくれた。

突然の病で妻を失った父は、それからつらさを忘れるために仕事に没頭し、始めはこの小さな洋食店一店舗だった事業を拡大して、たった一代で関東を中心に三十店舗のファミリーレストランチェーンを展開することに成功した。

それが一条エンタープライズだ。

当時、父が興したその会社で秘書を務めていた義母と再婚したのは、希望が十五歳の時だった。

彼女も離婚歴があり、現在二十三歳の長女・春菜《はるな》と二十一歳の次女・夏海《なつみ》を連れての子連れ同士の再婚だ。

お互いに再婚同士で子連れということで話が合ったのか、これからは皆が新しい家族になってしあわせになろう、が父の口癖だった。

だが、その父も二年前急な病に倒れ、呆気なく亡くなってしまった。

会社は妻である義母がさっさと名義書き換えをすませ、取締役社長の座に就いたが、実際の経営は彼女の息のかかった親族達が行っている。

姉妹と同じくブランド好きな彼女の趣味は買い物で、屋敷には彼女のブランド部屋があるほどだ。

その凄《すさ》まじい浪費で日々請求書が届けられているが、会社の経営状況は一切教えてもらえない希望には事態を把握する術《すべ》もない。

「今月の売り上げ、まとめてあるわね？」

「はい、こちらです」

希望が売り上げ伝票を差し出すと、彼女はそれにざっと目を通す。

「ふん……まずまずね。これ以上売り上げが下がるようなら、こんな貧相な店はすぐ潰《つぶ》しますからね。せいぜい気張りなさいな」

「はい……頑張ります」

「店が終わったら、ぐずぐずしないですぐ帰ってらっしゃい。春菜と夏海がおなかを空かせて待っているんですからね」

「は、はい、すぐ帰りますので」

「私は少し遅くなるから、きちんと戸締まりしてちょうだい」

「わかりました。いってらっしゃい」

売り上げを回収すると、恒例になっている店内の見回りをざっと終え、麻利子はさっさと帰っていった。

相変わらず素っ気ない義母の対応に、思わずため息が漏れる。

再婚当初、一度に義母と二人の姉ができて、喜んでいた希望だったが、そのしあわせは父が生きている間だけのことだった。

二年前、父が突然の病で亡くなると、それまで優しかった義母の態度は一変した。

当時希望は高校二年で、将来は父の勧めで調理師専門学校に進学する予定だった。

だが、『あなたはお坊ちゃん育ちで苦労を知らないから、早く現場で働いた方がいいのよ』と義母は強引に進路を変更させ、高校を卒業すると同時にこの店で働くことを決めてしまった。

真剣に料理の勉強をしたかった希望は、どうか専門学校に行かせてほしいと食い下がってみたのだが、希望が働かないのなら、あまり利益を出さないこの『キッチン一条』は閉店するしかないと言われ、やむなく進学を断念したのだ。

以来、希望は真面目《まじめ》にこの店で働き続けている。

「相変わらずひどいねぇ……前社長が生きてらしたら、どれほど悲しむかわからないよ」

耐えかねたように、持田が呟《つぶや》く。

持田は希望の父、一彰《かずあき》がこの店の創業当時スカウトし、それから三十年間、父亡き後もここを守ってくれた社員だ。

年齢的にもちょうどそれくらいということもあり、希望は彼を実の祖父のように慕っていたが、持田の方もそれは同じで、なにかというと味方になってくれる心強い存在だった。

「いいんです。父さんが死んだ後も、血の繋がりのない俺を家に置いてくれて、義母さんには感謝してるんです」

そんな持田に心配をかけたくなくて、希望は無理に笑顔を作った。

「けどさ、まともに給料ももらってないいんだろう？　それじゃ自立したくたってできないじゃないか」

「それは、そうなんですけど……」

痛いところを指摘され、つい口ごもってしまう。

義母の口癖は、二言目には『この店は売り上げが悪いんだから』だ。

そう言われてしまえば、ちゃんとした給料が欲しいなどと言えなくなってしまう。

この店は、父がレストランチェーン店を興すきっかけとなった、記念すべき第一号店だった。

まだ店を守ってくれている持田がいるのに、この店を閉鎖なんてさせられない。

自分一人が辛抱すればすむことなら、と高校生の小遣い程度の報酬しかくれないことにも文句は言わなかった。

自分はともかく、持田にまともな給料さえ払ってくれればいいと、希望はつい他人のことばかり優先してしまう性格だった。

「心配かけてすみません。でも俺、大丈夫ですから。また明日も頑張ります」

お先に失礼します、と明るい笑顔で言って、希望は店を後にした。

そこからフルスピードで自転車を漕いで、自宅へと急ぐ。

希望の家は、高級住宅街と呼ばれる地域にあり、敷地面積二百坪を誇るなかなかの豪邸だ。

父が事業で成功してから建てたもので、現在の資産価値で言えば一億以上にはなるだろう。

だがそこは、父が亡くなってからは希望にとって居心地のいい場所ではなくなっていた。


「ただいま帰りました」

息を切らせながら、玄関で着古しのジャケットを脱いでいると。

「遅い！　なにぐずぐずしてたのよ。もうおなかぺこぺこよ」

希望をまず出迎えたのは、長女・春菜の罵声だった。

「すみません、すぐ作りますから」

帰宅して息つく暇もなく、希望はキッチンへと走る。

急いで料理をしながら、バスルームに走って洗濯機も回し、あれこれ雑用をこなす。

なにしろこの家の女性達は家事はすべて希望任せで、自分達は縦のものを横にもしないのだ。

夕食が出来上がる頃には、都内の大学へ通っている妹の夏海も帰ってくる。

もっとも、大学生とは名ばかりの、合コン三昧の生活を送っているようだったが、姉の春菜に至っては大学を卒業しても就職もせず、『家事手伝い』を自称しては遊び暮らしているのだから、どっちもどっちだ。

「なぁに、また魚？　今日はお肉の気分だったのに」

二人がいるリビングに料理を運ぶと、鮭のムニエルの載った皿を見てさっそく春菜が文句をつける。

肉はカロリーが高いから魚中心にしろと自分で命じたくせに、こんないちゃもんは朝飯前なのだ。

「気が利かなくてすみません」

なので希望は、口答えせずすぐ謝ってしまう。

「ふん、まぁいいわ。早くして」

二人は希望に給仕をさせながら、さっそく夕食を食べ始めた。

「ねぇねぇ、春菜姉さん。日曜の『ルーヴァンヌ』のパーティ、なに着ていくか決めた？　私、今からもう超楽しみで」

「モデルの河合俊哉《かわいとしや》も来るんですってよ。彼も『ルーヴァンヌ』のファンなんですって！　納得よねぇ、彼のセンスって洗練されてるもの」

このところ、二人の話題は明日の晩開催される、『ルーヴァンヌ』というフランスの一流ブランドのパーティのことばかりだ。

なんでも、今まで日本《にほん》に支店のなかった、ヨーロッパセレブ達御用達の老舗《しにせ》ブランドが、銀座《ぎんざ》の一等地に初進出するとのことで、テレビや雑誌などでも騒がれているらしかった。

芸能人やセレブの集まるプレオープンパーティにはなんとしても参加したいと、彼女らは鼻息も荒く関係者を当たり、義母のコネを使ってなんとか招待状をゲットしたらしい。

そんな二人の給仕を終えると、ダイニングに戻った希望も余ったおかずを寄せ集め、キッチンの片隅で簡単な夕食を胃に流し込む。

二人と一緒に食べるのは気詰まりなので、一人きりの方が落ち着いたが、それでもこの状況に侘《わび》びしさは否めない。

自然と、店で慌《あわ》ただしく賄《まかな》いを掻き込む時のように立ってすませる癖がついてしまった。

なのでここしばらく、希望は座って食事をしたことがない。

食器の後片付け後も洗い終わった洗濯物を乾燥機にかけ、仕上がった衣類を畳んでそれぞれに部屋へ運ぶ。

「希望、お風呂沸かしといて」

「わかりました」

夏海に命じられ、急いで風呂掃除もすませて準備を整えると、今度は春菜がやってきた。

「ちょっと希望、私の下着ちゃんとネットに入れて洗濯してくれた？」

「は、はい……畳んでお部屋に置いておきました」

「なんか一枚足りない気がするんだけど。まさかあんた、私の下着盗んだりしてないわよね？」

「し、してません」

あらぬ疑いをかけられ、思わず耳まで紅くなる。

「ほんとかしらね～アヤシイわぁ」

隅に追い詰めた鼠《ねずみ》を弄《もてあそ》ぶように、春菜はわざと顔を接近させてくる。

初心《うぶ》な希望をからかうために、姉妹はしばしばこうした嫌がらせを仕掛けてくるのだ。

そんなに疑うなら、下着くらい自分で洗えばいいのにと思うが、言い返せば何倍もの嫌がらせになって返ってくるので、希望はただ黙って耐えるだけだった。

過去の経験から、逆らわないのが一番この時間を短くできることを希望はよく知っていた。

家事でフル回転しているうちに、今度は義母の麻利子が車で帰宅する。

玄関が開くと義母は一人ではなく、気障《きざ》ったらしい白スーツの男にエスコートされてきた。

「やぁ、希望くん、こんばんは」

「……こんばんは」

挨拶だけして、希望は早々に二階へ引き揚げた。

——義母さん、また岸谷《きしたに》さん連れてきたのか……。

どうやら帰りが遅くなったのも、彼との待ち合わせだったようだ。

岸谷は数ヶ月前から、義母が付き合っている恋人だ。

姉達の話から推察するに、本人は青年実業家を気どってはいるが、経営しているというプールバーの経営は火の車で、度々義母に金の無心をしているらしい。

年齢はまだ三十前半で、義母よりも一回り近く年下なのだが、甘いマスクの美丈夫なので義母はこの若い恋人に夢中のようだった。

初めはさすがに希望や娘達の手前、バツが悪かったのか外で会っていたようだったが、最近では岸谷は平気でこの屋敷を訪れるようになり、希望にも馴れ馴れしく酒のつまみを作らせたりするのだ。

あの様子では、どうせ今夜も泊まっていくのだろう。

父が亡くなって、二年。

義母もまだ若いので恋人を作るなとは言わないが、それでもやはりこの父の遺した屋敷でだけは遠慮してほしかった。

複雑な思いを抱え、自室に戻ると時刻はすでに深夜に近かった。

希望の部屋は二階奥の、元は納戸だった日当たりの良くない部屋だ。

父が生きていた頃に使っていた部屋は春菜に取られてしまい、置き場所がないからと両親の位《い》牌《はい》が入っている仏壇も希望の部屋に押し込められていた。

だが、どうせ仏壇の世話をするのも自分だけなので、都合がいいと前向きに考えることにする。

「父さん、母さん、今日も一日無事に終わったよ。守ってくれてありがとうございました」

仕事に行く前と眠る前、希望は必ず両親に手を合わせるのが習慣だった。

仕事と家事でくたくたに疲れた身体を、ようやくベッドの上に横たえる。

一人になると、つい癖で首から下げたチェーンのネックレスを弄《いじ》ってしまう。

そこに通されていたのは唯一の母の形見の結婚指輪だった。

幼くして母を亡くした希望に父がくれたものだったが、二年前父が亡くなってからはお揃《そろ》いの父のものも一緒に通して肌身離さず身につけている。

こうしていると、両親が一緒にいられるような気がしてほっとするのだ。

それは希望にとって、一番の宝物だった。

明日は日曜だが、店は当然営業するのできっと忙しくなるだろうなと目を閉じ、段取りのシミュレーションをしているうちに、あっという間に睡魔が襲ってきた。

夢を見ることもなく、希望は深い眠りに落ちていった。

「ちょっと、起きなさいよ、希望！」

が、翌朝、春菜の金切り声に起こされ、希望はベッドの上で跳ね起きた。

「お、おはようございます……どうかしたんですか？」

まだ寝ぼけ眼《まなこ》で部屋の入り口に立っている春菜を見ると、彼女は手にしていた下着を恥ずかしげもなくひらつかせていた。

「どうかしたんですか？　じゃないわよ！　やっぱり私の下着、洗濯機の後ろに一枚落ちてたじゃないの。お陰でお気に入りのレースの下着が埃《ほこり》だらけよ。いったいどうしてくれるわけ？」

埃がついた程度なら、洗い直せばすむんじゃないかな……と思いつつ、希望はとりあえず頭を下げた。

「すみません、後で洗い直しておきますから」

「ちょっとぉ、それですむと思ってるわけ？　あんた、私達のこと最近ナメてるでしょ」

「そんなこと……」

否定しようとするが、夏海までやってきて、姉の尻馬に乗ってくる。

「そうそう、最近あんた生意気なのよね。私達がおなか空かせて待ってるっていうのに、帰りだって遅いし」

「それは……店が忙しくて……」

「言い訳すんな！　あんたなんか、ママが温情でここに置いてあげなかったら路頭に迷うところだったんだからね。家事くらいやって当然でしょ？　ありがたいと思いなさいよね」

「お、思ってます……お義母さんには、とても感謝してます」

だから一生懸命、父の遺した店を守り、必死で働いているのだ。

だが、そんな気持ちは、姉達にはまったく通じていないようだった。

いったいどうしたらいいのか、と途方に暮れていると。

「ダメよぉ、姉さん。この子ちっとも反省なんかしてないんだから。おしおきが必要じゃない？」

にやにやしながら、夏海がけしかけ、姉の耳元になにごとかを耳打ちしてくる。

するとそれを聞いた春菜も、にやりと笑った。

「面白いわね、それ」

「でしょ？　希望、今日のパーティ、あんたも私達の荷物持ちとして一緒に来るのよ。いいわね？」

「は、はい、わかりました」

夏海に命じられ、希望はやむなく頷《うなず》く。

幸いパーティは夜からなので、店も少し早目に上がらせてもらえば間に合うだろう。

二人の嫌な笑いが多少引っかかるが、この程度でご機嫌が直るのなら安いものだと希望はほっとしていた。

はずだった、のだが……。

「な、なんなんですか、これ……？」

その日、約束通り急いで仕事を切り上げて屋敷へ戻った希望を待ち構えていたのは、メイク道具を広げた姉妹の姿だった。

彼女達はすでにばっちりパーティ用の濃い化粧を仕上げているので、他にメイクが必要な人間がいるとも思えない。

首を捻《ひね》る希望に、夏海が用意しておいたらしい白のワンピースを投げつけてきた。

「ほら、さっさとこれに着替えるのよ。終わったらメイクするから早く」

「え、ええっ!?　どうしてですか？」

「どうして？　私が着ろと言ったら着るのよ。ぐずぐずしてると遅刻しちゃうじゃない」

「いや、でも……」

二人の荷物持ちでついていくだけなのに、なぜ自分が女装しなければならないのか。

希望は途方に暮れるばかりだ。

「言ったでしょ、これはおしおきだって。あんた、女の子みたいな顔してるんだからオシャレして皆に見てもらいなさいよ」

春菜が意地悪そうに言い、まだ昨晩のことが尾を引いているのをようやく悟った。

「洗濯物のことは、本当にすみませんでした。いくらでも謝りますから、どうかこれだけは勘弁してください」

なんとか考え直してくれないか、と淡い期待にかけて必死で謝ったが、二人はにやにやと嗤《わら》うばかりだ。

「駄目よ。どうしても着ないって言うなら、そうね、ママに言ってあんたの店のシェフをクビにしてもらおうかしら」

伝家の宝刀を抜かれ、希望は唇を噛む。

彼女らは、希望が『キッチン一条』と持田をなにより大切に思っていることを知っている。だからこうして無理難題を押し付けてくる時には、必ずそれを奪うとちらつかせてくるのだ。

「……わかりました」

この二人が言い出したら聞かないことをよく知っている希望は、諦めてワンピースを手に部屋を出た。

半ばやけくそでそれに着替えると、ややゆったりとしたデザインのせいか、ワンピースは悲しいことに希望のサイズにぴったりだった。

せめてサイズが合わなければ着られない言い訳になったのに、と落胆しながら再び姉妹の部屋へ戻る。

笑われるのを覚悟でドアを開けると、姉妹は期待を裏切らず、盛大に爆笑してくれた。

「あら、よく似合ってるじゃないの」

「ほんとほんと、どっから見ても女の子にしか見えないわよ」

そうからかいながら、春菜がグロスのスティックを振ってみせる。

「いらっしゃい、もっと綺麗にしてあげるから。ノゾミちゃん♡」

「……」

逆らえばまた持田シェフのことを持ち出されるのがわかっているので、希望は無言で鏡台の前に座った。

もう、どうにでもなれ、といった心境で耐えること、約三十分。

「……やだ、可愛くない？　なんでこんなに可愛くするのよ、バカね」

「し、知らないわよ、普通にメイクしたらこうなっちゃったんだもの」

目を閉じ、苦悶の時間を耐えていると、頭上で二人のやりとりが聞こえてきたので、終わったのかと希望は恐る恐る目を開けてみた。

どんな妖怪が映っているのかと思えば、目の前の鏡の中にいたのは、今は亡き母によく似た少女の姿だった。

平素、仕事中はバンダナをつけているせいもあり、忙しさにかまけて（というより、散髪にかける金にも不自由しているのが一番の理由なのだが）床屋もさぼりがちなので、希望の黒髪は元々男性にしてはやや長めだ。

そのせいもあってか、特に髪を弄ったわけでもないのに化粧をしただけで充分女性に見えてしまう。

――わ……俺ってやっぱり、母さんに似てたんだ……。

と、希望は妙な感慨に浸ってしまった。

姉達は、なぜか仕上がりを見て憮然としている。

どうやら女装させて物笑いのタネにしようとしたのに、あてが外れてしまったようだ。

「ま、いいわ。出かけるわよ」

とはいえ、連れていく気は変わらないらしく、希望は姉達に引っ立てられるように階下へと降りた。

「ほ、ほんとにこの恰好で行くんですか……?」

ご丁寧に、姉達は履き古したハイヒールと流行遅れのバッグまで用意していた。

それらすべてを身につけさせられ、希望は途方に暮れる。

「ほら、荷物持って! さっさとついてくるのよ」

玄関前にハイヤーを呼んだ春菜は、ピンヒールの足音高くさっさと車に乗り込んでしまう。

「あんたは助手席よ」

夏海に背中を突き飛ばされ、希望は姉妹の山のような着替えの入ったバッグを抱えたまま小さくなってハイヤーの助手席に乗るしかなかった。

『ルーヴァンヌ』のブランドパーティが開催されるのは、銀座にある一流ホテルだ。

今日は『ルーヴァンヌ』の貸し切りで、ホテルのエントランスから会場までのあちこちで芸能人やモデルとおぼしききらびやかな面々の姿が見える。

当然ながらマスコミの姿も多くあり、あちこちでフラッシュがたかれていた。

万が一、どこかの写真にこの女装姿が映り込んでしまったらどうしよう、と希望はホテルに入る前からすでに生きた心地がしなかった。

大きな鞄を盾になんとかホテルへ入ると、ほっとする。

パーティ会場は二階にあり、同じホール内に着替え用のレストルームがあった。

姉達が私服からパーティ用ドレスに着替えるのを、希望は大人しく待つが、時折擦れ違う人の視線が気になり、つい挙動不審になってしまう。

やがて『ルーヴァンヌ』の新作ドレスをまとった姉達が戻ってきて、再び大量の荷物を希望に押しつけた。

「あんたは会場には入れないんだから、ここで私達の帰りを待ってなさい。いいわね？　違うとこで待ってたりしたら承知しないわよ」

姉妹はもちろん故意にだろう、パーティ会場入り口付近のホールに大荷物を持った希望を立たせると、さっさと会場へ入っていってしまった。

会場時間までにはまだ少しあるが、ホールには大勢の人間が集まりつつあり、希望はこんなところで何時間も待たなければいけないのかと暗澹たる気分になった。

――――はぁ……これは今までの憂さ晴らしの中でも、久々にキツイよ……。

せめてなるべく人目につかないよう、ホールにある柱の陰に身を潜めて方向転換しようとした、その時。

「ああん、すぐ行くわよ。そんなに怒ることないじゃない。……わかったってば」

妙に甲高《かんだか》い声音が近くで聞こえ、ブラックスーツに派手なネクタイを締めた青年がスマートフォンで会話をしながらこちらへやってくる。

電話に熱中している彼は柱の陰にいた希望に気付かなかったらしく、彼が右手に持っていたテイクアウトのコーヒーが擦れ違いざまに希望の肘に当たってしまった。

「熱……っ」

プラスティックの蓋が外れたコーヒーはまともにワンピースの裾にかかり、淹れたてのコーヒーの熱さに希望は思わず悲鳴を上げる。

「あらやだ、どうしよう！　ちょっと、切るわよ！　それどころじゃないのよ」

慌てた青年はまだ揉めている相手を無視して電話を切り、ハンカチを取り出した。

「ああ、私の不注意だわ、ほんとにごめんなさい！　きゃあぁあっ、よりによって白のワンピにコーヒー零《こぼ》しちゃうなんて！　大丈夫？　火傷《やけど》しなかった？」

黙っていれば俳優ばりのかなりのイケメンなのにおネエ言葉で盛大に捲《まく》し立てられ、希望は呆気にとられながらもようやく頷いた。

「だ、大丈夫です……少しかかっただけですから」

うっかり普通に話しかけ、男だとバレると気付いて慌てて高めの声を出す。

この恰好で他人と話す時には気を付けなければ、と内心ひやりとした。

「ああ、でもこのままだと染みになっちゃう。ちょっとこっちに来て」

と、うむを言わせず腕を掴まれ、会場そばにある控室らしき部屋へと連れ込まれてしまう。

「どうでもいいけど、あなたすごい荷物ね」

「は、はぁ」

その辺に置いて、と言われ、希望はありがたく荷物をテーブルの上に置かせてもらった。

すると青年は洗面台でタオルを濡らし、ワンピースの染みを叩き出した。

「本当に平気なので、もう気になさらないでください」

あまり身体に触れられると、男だとバレてしまうかもしれないと希望は気が気でない。

だが、彼はどうにも服についた染みが気になるようだ。

しばらく奮闘し、全部は落ちなそうだと悟ると、彼は手を止めてスーツの懐から名刺を取り出した。

「申し遅れました、私、後藤泰隆《ごとうやすたか》。『ルーヴァンヌ』のデザイナーなの。ほんとにごめんなさいね」

「デザイナーさん、なんですか」

控室に顔パスなのだから、ブランドの関係者なんだろうなとは思ったが、まさかデザイナーだとは思わず、希望は少し驚いた。

「やっぱりちょっと拭いたくらいじゃ駄目だわ。悪いけど、脱いでもらえる？　すぐスタッフに染み抜きしてもらうから」

「い、いいえ、着替えもありませんし、本当にこのままで……」

「あら、着替えならここにあるわよ」

服を脱ぐなどとんでもない、と希望は必死に辞退したのだが、後藤と名乗った彼はざっと希望の全身のサイズを確認するように観察すると、控室に残されていたラックハンガーにかかっていた洋服を物色し始めた。

「それってうちのブランドのじゃないけど、五、六年前に流行《はや》ったワンピよね。最近着てる子は見かけな……あ……ごめんなさい」

やっぱりそうだったのか、と希望は苦笑する。

あの姉が自分に着せるのだから、処分する予定のものだろうと思っていたが。

「ええ、その通りです。これ、姉のお下がりなので」

「荷物持ちやらされて、お古まで着せられてるの？　パーティに連れてこられて、会場にも入れてもらえないなんて、とんだシンデレラね」

「はは……ですよね」

初対面の人にまで哀れまれてしまい、希望は笑ってごまかすしかない。

すると着替えを探していた後藤が、一着のドレスを取り出し、誇らしげにそれを翳《かざ》してみせた。

それは淡いパステルカラーを何色も重ね合わせてデザインされたもので、春の草原を思わせるロングドレスだった。

「わぁ……すごく綺麗なドレスですね」

「でしょ？　これ、今日のパーティでモデルが着る予定だったんだけど、時間と進行の都合でカットされちゃったかわいそうなドレスなのよ」

「もったいないですね、こんなに素敵なのに」

希望の言葉が本心からだとわかったのだろう、後藤は嬉しそうだった。

「染み抜きする間、これを着てちょうだい」

「え……でも」

「いいから、早く。染みが落ちなくなっちゃうわよ」

そう急かされ、控室の奥にあるフィッティングルームに放り込まれてしまう。

――ど、どうしよう……？

たとえお古だとはいえ、こんなコーヒーの染みをつけて返したりしたら、また姉達の嫌がらせを受けることになるのは必至だ。

背に腹はかえられず、希望はやむなくワンピースを脱いで恐る恐るドレスに袖を通すしかなかった。

幸いなことに二の腕まで袖もあり、あまり露出の多くないドレスだったので、これならなんとかなるかなとほっとする。

「あの……着替えました、けど」

おずおずと試着室から出ると、後藤が短く口笛を吹いた。

「あら、よく似合うじゃないの！　可愛いわぁ」

「そ、そうですか……？」

「ちょっと座って」

と、鏡の前に座らされると、後藤は器用に髪の一部をピンでまとめ、そこにドレスと同じ布で作られた花飾りをつけてくれた。

たったそれだけで、随分華やかな印象になる。

「あと、これ。靴とバッグね」

と、後藤はドレスと合わせてデザインされたらしい、華奢なハイヒールと小ぶりのバニティバッグを差し出す。

なぜ靴とバッグまでいるんだろう、と不思議に思いながらも希望がフルセット装備すると、後藤は満足げに頷いた。

「ふふ、それじゃ今日は私が、けなげなシンデレラに魔法をかけてあげる♡　このドレスを着てちょっとの間だけパーティを楽しんでらっしゃい。このパス、首にかけておけば会場には入れるから、中でご馳走を食べてらっしゃいな」

「え……？」

「熱い思いさせちゃったお詫びよ。その間にワンピは大至急染み抜きしておいてもらうから、それまで時間潰していて。ね？　私もそろそろ行かないといけないから。それじゃまた後でね」

「あ、あの……！」

慌てる希望にウィンクを一つ残し、後藤は足早に行ってしまう。

関係者である彼がパーティ開始には会場にいなければいけないのは道理だが、控室に取り残された希望は、一人途方に暮れた。

――ど、どうしよう……。

悩んだところで、着ていた服は持っていかれてしまったし、姉達の着替えを持ってはいるがそれを着て帰ったりしたら後でさらにひどい目に遭わされるのは目に見えている。

結局、染み抜きしてもらったワンピースが戻ってくるまで待つしか選択肢はないようだ。

――それにしても、すごく着心地のいいドレスだなぁ……。

女性物を着たのは今日が初めてだったが、それを差し引いても今着ているドレスがとても肌触りのよい素材でできていることはわかる。

しばらく控室の中をうろうろと無意味に徘徊していた希望だったが、染み抜きにはかなり時間がかかると思うと、好奇心からだんだんパーティ会場を覗《のぞ》いてみたくなってきた。

父が元気だった頃は何度か連れていかれたこともあったが、最近ではこうした華やかな場所とはまったく無縁の生活を送っていたので、多少懐かしい気持ちもあった。

――ちょっとだけ、だから。

そう心の中で言い訳し、思い切って控室を出てみる。

ちらりと様子をうかがうと、会場内はすごい人で、これだけ混雑していれば自分のことなど誰も気にも留めないに違いないと安心した。

勇気を出し、借りたパスを入り口で見せると、すんなり中へ通してもらえる。

こうして希望は恐る恐る会場内へと足を踏み入れた。

ざっと見たところ、収容人数は五百人程度の広さだろうか。

やや暗めに落とされた照明の中、進んでいくと。

――うわぁ……すごい……。

煌《きら》めくシャンデリアの下で、着飾った招待客達が金魚の群れのように擦れ違っていく。

純白のテーブルクロスがかけられたテーブルの上には、高級そうなアペリティフやおつまみが並べられ、その中央には見事なカーヴィング加工が施されたフルーツの数々が豪華に飾りつけられている。

ブランドパーティなど初めて見た希望は、その華やかさにただただ呆気にとられるばかりだった。

ギャルソンが恭《うやうや》しくトレイの上のドリンクを差し出してきたので、希望は礼を言ってその中からオレンジジュースを受け取った。

ドリンクを手に所在なく歩いていると。

「ねぇ、ちょっとあれ」

「……あら」

擦れ違った女性達が、希望を振り返ってなにごとかを囁《ささや》き合っている。

さきほどから妙に周囲の視線を感じ、希望はドキリとした。

――え……なんだろ、もしかして男だってバレてる……？

どうしよう、と冷や汗をかきながら身を硬くしていると、ふいに会場内の照明が暗くなった。

「お待たせいたしました。今秋の最新コレクションの一部を、今宵招待された方々だけに特別に先行してご覧いただきましょう！」

司会役の解説と共に、軽快な音楽が流れ、会場中央に設置されたランウェイ上に次々とルーヴァンヌブランドのドレスをまとったモデル達が登場する。

一着数十万はする高級ブランドだが、中には普段着に近いカジュアル着だったり遊び着だったりするものも存在しているので、こんなに高い洋服を普段使いできるなんて相当なお金持ちなんだろうなとただただ感心するばかりだ。

義母と姉達も熱心なルーヴァンヌ信奉者で、それぞれドレスやバッグ、靴などを身につけている姿を目にするが、ルーヴァンヌの製品はただ高いだけでなく洗練されていて品がいい。

さすがはヨーロッパで古くから、王侯貴族やセレブ達に愛用されている一流ブランドだなと思う。

ブランド物には疎《うと》い希望だが、姉達が熱心に話していた、噂の『ルーヴァンヌ』を創設したルーヴァンヌ一族の御曹司は今日は来ているのだろうかとふと気になった。

ショーが一段落し、モデル達が颯爽と立ち去ると、司会役の女性がマイクを握る。

「それでは、ここで『ルーヴァンヌ』日本支部統括部長、レオ・ド・ルーヴァンヌから皆さまにご挨拶させていただきます」

すると、今度はタキシード姿の長身の男性が壇上に姿を現した。

彼の登場に、周囲にいた若い女性達の間から歓声が漏れる。

その反応も無理はない、その金髪碧眼の男性は一瞬息を呑むほどの美形だったのだ。

百八十は軽く超える長身に、タキシードをまとっても貧弱に見えないほどの分厚い胸板。

脚など嫌みなほどに長い。

年齢はまだ若く、三十そこそこといったところか。

だが若さに見合わぬ貫禄があり、まるでハリウッドスターばりの存在感に、希望もこれが『ルーヴァンヌ』を世に出した一族の人間なのかと驚く。

「ご紹介にあずかりました、レオ・ド・ルーヴァンヌと申します」

その見事なハニーブロンドと碧玉の瞳のせいでルックスはほぼ完全に西洋人なのだが、彼はかなり流暢《りゅうちょう》な日本語でそう挨拶し、魅力的な笑顔をみせた。

少々強面《こわもて》の彼の思いがけない表情に、会場内の若い女性達の間からざわめきが走る。

こうしたパーティでお偉いさんの挨拶など真面目に聞く人は少ないだろうに、最初からがっちり聴衆の心を摑んだのか、皆彼の演説に熱心に耳を傾けていた。

——まだ若いのに、すごく落ち着いてる人だなぁ……。

男の自分でも、つい目が離せなくなる引力のある人なのだから、これでは女性達が放っておかないだろうなと思っていると、偶然壇上にいた彼と目が合った。

彼も希望を凝視し、言葉を失った様子でただ呆気にとられている。

気のせいかなと思うが、彼の視線は自分に釘付けのように見えてならなかった。

彼の挨拶が終わると、パーティは後半を迎え、客達は再び思い思いに料理を楽しんだり友人達とお喋《しゃべ》りに熱中し始める。

そろそろ染み抜きは終わった頃だろうか、と希望は控室に戻ろうかと考えていると、ふいに誰かに二の腕を摑まれた。

驚いて振り返ると、自分を捕らえていたのは、なんとさきほどまで壇上に上がっていたレオだった。

「お客さま、畏《おそ》れ入りますがこちらへ」

「え……？」

いったいなんなのだろう、と希望が狼狽している間に、レオはうむを言わせずその腕を摑み、会場の外へ出た。

そのまま再び隣の控室に連れ込まれ、レオが背中越しにドアを閉める。

知らないうちに、なにか失礼なことをしてしまったのだろうか、と希望が口を開くと、それを遮るようにレオが一歩間合いを詰めてくる。

「あ、あの私……なにか？」

そして、なぜかじっと希望を見下ろしたまましばらく無言になった。

「……あの？」

おずおず声をかけると、彼ははっと我に返った様子で詰問してくる。

「……これはまだ市販されていない、うちの今期のデザインドレスだ。いったいこれをどこで手に入れた？」

その表情は、さきほどのスピーチの時とは打って変わって険しかった。

顔立ちが端整な分、怒るとかなりの迫力で希望は縮み上がってしまう。

「こ、これは……そんなに大事なものとは知らなくて、すみません。さきほど若い男性の方に、

ここでお借りしたもので」

「借りた？　若い男？」

オウム返しに呟いてピンときたのか、レオがスーツの内ポケットからスマートフォンを取り出して電話をかけた。

「もしもし……私だ。なに？　じゃない！　今すぐ控室へ来い！　今すぐだ！」

そう叫び、憤然と電話を切ると、ややあってその迫力に負けたのか息せき切った後藤が控室に駆け込んできた。

「んも～いったいどうしたってのよ？　私だって忙しいのに！」

「どうもこうもあるか！　泰隆、おまえだろう、彼女にこのドレスを貸したのは」

レオが希望を指差すと、後藤は悪びれなく頷いた。

「ええ、そうよ。彼女の服にコーヒー零しちゃって。今日のショーで使わなくなったドレスが一着残ってたから、染み抜きが終わるまでの間着ててもらったの」

「おまえなぁ！　そんな理由でまだ発表前で部外秘のドレスを貸したのか」

レオがそう吠えるのとほぼ同時に控室のドアがノックされ、スタッフらしき女性が顔を覗かせる。

「すみません、急ぎで頼まれた染み抜きが終わったんですけど」

「ああ、ありがと。こっちにちょうだい」

後藤は希望のワンピースを受け取り、テーブルの上に置いて生地を確認した。

「うん、ちゃんと落ちたみたい。よかったわぁ」

「い、いろいろ、すみませんでした。お……私、すぐ着替えますので」

「あら、いいのよ。そんな気を遣わなくたって。この人、いっつもこんな感じだから、気にしない気にしない」

後藤はレオに怒鳴られるのに慣れているのか、蚊に刺されたほども感じていないようだ。

「泰隆！」

「んもう、いいじゃない、ちょっとくらい。彼女、シンデレラみたいにけなげなんだから」

「シンデレラ？　いったいなんの話だ」

二人が再び言い争いを始めたので、希望はその隙にこっそりワンピースを手に控室奥にあるフィッティングルームに逃げ込んだ。

――どうしよう……なんだかよくわからないけど、すごく偉い人を怒らせちゃった……。

自分のせいで、後藤がペナルティーなど受けなければいいのだが、と希望は心配する。

いつも、自分のことよりつい他人の心配をしてしまう、人の好い希望だ。

急いでドレスを脱ぎ、ワンピースに着替え終えると、ドレスを元通りきちんとハンガーにかけ、それを手にフィッティングルームを出る。

「だいたい、おまえは無防備すぎるんだ。彼女が叔父貴の放ったスパイじゃないとどうして言い切れる?」

「またそんな、考えすぎよ、レオ。日本展開はまだ始まったばかりなのに、今からそんなトゲトゲしてたら身体がもたないわよ?」

――叔父貴? スパイ? いったいなんの話なんだろ。

さっぱりちんぷんかんぷんだったが、まだ揉めていた二人に向かい、覚悟を決めた希望は勢いよく頭を下げた。

「こ、この度は、私のせいでご迷惑をおかけしてしまってすみませんでした……! でも、その方は本当にご厚意で着替えのない私に大切なドレスを貸してくださっただけなので、どうか怒らないでください。この通りです」

深々と頭を下げた希望を前に、さすがに二人が沈黙する。

「あ、あらいいのよ、そんなに気にしないで。この人、ちょっと頭が固い朴念仁なだけだから。もう行っていいわよ」

と、後藤がすかさず助け船を出してくれたので、希望はためらいながらも頷いた。

「それじゃ、失礼します……」

「待て、まだ聞きたいことが……」

「はいはい、私が聞いてあげるから。あ、そうだ。さっきスタッフがあんたのこと捜してたわよ?」

食い下がるレオを後藤がブロックしてくれている間に、希望は姉達の荷物を手にそそくさと控室から逃げ出した。

走ってパーティ会場から離れ、物陰に身を潜めてようやくほっと一息つく。

――はぁ……びっくりした……。でも怖かったけど、すごくかっこいい人だったな。

まだ心臓が、ドキドキしている。

それからしばらくホテル内の離れた場所で時間を潰し、パーティが終わる時間を見計らって戻った。

やがて招待客達が三々五々に解散していき、会場内からは姉達も出てきた。

「ちょっと希望！　なにぼ～っとしてんのよ、着替えるんだから、荷物持ってさっさとついてきなさい」

「は、はい」

またレオに会ってしまったらどうしよう、とドキドキしたが、幸い今度は出くわすことなくそのまま姉達と共にレストルームへ向かった。

「今夜の収穫は、なんといってもレオ様よねぇ。今ブランド界でダントツに注目されてる、ルーヴァンヌ創設者一族で筋金入りの御曹司セレブ！」

帰りのタクシーの中でも、姉達はまだパーティの興奮醒めやらず大はしゃぎだ。

「でもさ、私ハリウッドのゴシップ誌で読んだことあるけど、レオ様って妾腹なんでしょ？　最近現社長が病気で亡くなって、それで叔父さんがブランドを乗っ取ろうとしてるんですって。骨肉の争いってやつよね」

「え～それじゃレオ様が邪魔で、日本に追い出したってこと？　ひど～い！」

「レオ様のお母さんって日本人らしいわよ。ハーフには見えないわよね。子供の頃日本で暮らしたこともあるみたいだから、ちょうどいいって押しつけられたのかもね」

姉達の会話を聞いているだけで、彼の情報が次から次へと耳に入ってくる。

――そうか、だから叔父さんのスパイがどうとかイライラしてたのかな。

希望からしてみれば、海外の一流ブランドを経営する一族など雲の上のような存在だが、彼らのようなセレブにはそれなりに大変なことがあるのだろう。

「だからかしら。レオ様、今年三十一になるけど浮いた噂もないらしいわよ」

「私ならいつでもオッケーなんだけどなぁ。あ～ああいう人と結婚できたら、一生遊んで暮らせるわよねぇ。夢だわぁ」

「春菜姉さん、ケータイ番号渡してくれればよかったのに」

「う～ん、でもちょっと近寄り難かったのよねぇ」

相手はセレブ限定で熱心に婚活中の姉達の会話を聞きながら、希望は夢のように華やかだった今夜のパーティのことを思い出す。

初対面なのにとても親切にしてくれたあの後藤というデザイナーに迷惑がかかっていなければいいなと考えながら、いつもの癖で胸元の指輪に触れようとするが、首にかかっているはずのチェーンの感触がなく、ぎくりとする。

慌てて両手で首を探るが、やはりチェーンも指輪も影も形もなかった。

――どうしよ……どこで落としたんだろ……？

一気に全身の血が引いていくような気分で、念のため鞄の中や服のポケットまで捜したが、やはりどこにもない。

必死に記憶の糸を辿《たど》ると、ホテルの控室に入る直前までは確かにつけていたはずだ。

そういえばドレスに着替えた後、このお手製ネックレスではドレスにそぐわないからと外してテーブルに置いた気がする。

慌てていたせいで、やはりあの控室に忘れてきてしまったのだ。

早くに実母を亡くしたので、希望が受け継いだ形見はあの指輪しかない。

彼にとっては、なにより大切な思い出の品だった。

今すぐホテルへ引き返して捜し出したかったが、同乗している姉達が許すはずもないし、またレオに捕まると詰問されてしまうとその衝動をぐっとこらえる。

後日、ホテルの遺失物係に電話してみるしかない。

逸《はや》る気持ちを抑え、希望はタクシーの車窓から夜のネオンを見つめることしかできなかった。

それから、数日が過ぎて。

希望はホテルに電話で何度か問い合わせたが、結局指輪が届けられることはなかった。

日々の仕事に追われながらも、大切にしていた両親の形見の指輪を失くしてしまった希望の心は深く沈んだままだ。

後藤の名刺をもらっていたので、よほど控室に指輪が落ちていなかったか聞こうとしたが、元の男に戻ってしまった自分が、あの夜の女性との関係をどう説明すればいいかわからず、結局できなかった。

「どうしたの？　ここんとこ元気がないね」

つい沈みがちな表情が多くなった希望を案じ、持田が声をかけてくれる。

「それが……父さん達の指輪を落としちゃったんです」

「そうか、それはがっかりしただろうね。希望くん、とても大事にしていたからね」

デミグラスソースを仕込みながら、持田が続けた。

「加奈《かな》さんは希望くんにとてもよく似ていたよ。いつも元気で明るくて、彼女目当てに店に通うサラリーマンも多かったなぁ。とはいえ、お父さんとはおしどり夫婦だったから、お客さんに『二人の仲の良さにはアテられちゃう』ってよくからかわれてたけどね」

自分の知らない両親を知っている持田から昔話を聞かせてもらえるのは嬉しくて、希望はつい聞き入ってしまう。

希望が幼い頃に亡くなってしまった母で思い出せるのは、いつも病院のベッドの上にいる姿だけだったから。

もし母が元気で、生きていてくれたなら、父と自分の人生も変わっていたのだろうか？

それが無理なら、たとえ一日だけでも、この店で一緒に働いてみたかったな、と叶わぬ夢に思いを馳せる。

「少し早いけど、お客さんも来なさそうだから今日はもう閉めようか」

「そうですね」

持田の提案に、希望も同意する。

今日も一日、無事に終わりそうだ。

店の外へ出て、看板を中にしまおうと腰を屈めた、その時。

ヘッドライトの灯りが接近してきて、希望の目の前に音もなく、一台のタクシーが停車した。

今日最後のお客さんか、と看板をしまうのをやめ、ドアを開けて出迎える。

「いらっしゃいませ」

後部座席からは、二人の人影が降りてくる。

「失礼、もう閉店だろうか」

「いえ、まだ大丈夫ですのでどうぞお入りください」

笑顔でそう答えてから、希望の動きが止まった。

店内の灯りで、男の顔がようやく見えたからだ。

そのまばゆいばかりの美貌は、なんとあのパーティの晩に出会ったレオだった。

「い、いらっしゃいませ……」

すぐに助手席から後藤も降りてきたので、希望は咄嗟《とっさ》に顔を見られないよう俯《うつむ》いて彼らを店に迎え入れた。

――ど、どうしよう⁉　どうしてこの二人がうちに来るんだろ？

こんな偶然が、果たしてあるのだろうか。

激しく動揺しながらも、希望はなんとか彼らを席に案内し、水を運ぶとオーダー票を手にした。

「あの、ご注文は……？」

「ああ、なにかこの店のお勧めを二つお願いしたい」

メニューを見もせず、レオが告げる。

どうやらまったく食事には興味がなさそうな対応だ。

「うちではポトフが一番人気なんですが」

「じゃあ、それを」

「畏《かしこ》まりました。少々お待ちくださいませ」

希望は一礼すると、そそくさと厨房に戻って持田にオーダーを通した。

料理を待つ間、どうかこのままバレませんように、と祈るような思いだったが。

「ああ、きみちょっと」

そんな願いもむなしくレオに呼ばれ、希望はやむなく彼らの許に向かった。

「はい、なんでしょう？」

「こちらの店に、一条希望さんという方がいると聞いてきたのだが」

「……希望は、俺ですけど」

往生際が悪いと思いつつ、無理にバンダナを下げて目元を隠し、俯きがちに応対する。

そんな希望の顔を、二人がまじまじと凝視してきたので、内心肝を冷やした。

「あら、似てるわね。少なくとも、さっきの二人より」

「だが、彼は男だろう」

二人の会話に、心臓がばくばくと音を立てている。

「え、二人って……？」

「ああ、今あなたのご自宅にお邪魔してきたの。お姉さま達にお会いしてきたのよ」

と、後藤が教えてくれた。

姉達にわざわざ会いに来たとは、ますますただごとではない。

「あの……姉達が、なにか……？」

「私達、ちょっと人を捜しているんだけど、あなた妹さんいらっしゃる？」

いよいよ核心に触れられ、嘘をつくのが下手な希望は緊張しながら首を横に振ってみせた。

「い、いいえ……うちには姉だけです」

その返事に、後藤ががっかりしたようにため息をついた。

「そうよねぇ、さっきそう言われたんだけど、一応念のために来てみたの。その捜してる子なんだけど、お姉さん達の荷物持ちさせられてるって言ってたから、それを手がかりに姉妹がいる招待客をしらみ潰しに当たってみたんだけど、見つからなくて」

なにげなく話してしまったところから辿られ、うっかりしていたと背中を冷たい汗が伝う。

「そうなんですか、お役に立てなくてすみません」

曖昧《あいまい》な笑顔でごまかし、希望はそそくさと彼らのテーブルから離れた。

が、二人の会話が気になり、ついつい聞き耳を立ててしまう。

「だいたい、おまえが名前も連絡先も聞かずに帰すから悪いんだ。無警戒にもほどがある」

眉間に縦皺を寄せながら、レオがスーツの懐からなにかの薬を取り出し、水で流し込む。

遠目でよく見えないが、どうやら胃薬のようだった。

「だからぁ、レオが神経過敏すぎるのよ。ちょっと話しただけだけど、普通にいい子だったわよ？」

「叔父貴がどんな手段を使ってきてもおかしくない」

「あなた、もう何日もまともに寝てないでしょう？　こんな人捜しなんてしてる時間があったら、休めばいいのに」

「うるさい、なにごとにも万全を期するのが私のやり方だ」

「そんなこと言って、今日だって食欲ないって言ってまだなにも食べてないじゃない。倒れたって知らないから」

「相変わらず口うるさいな。おまえは俺のおふくろか」

うんざりした表情で、レオが腕組みをしてそっぽを向く。

「とにかく、あの女性の身元を確かめるまでは安心できん。それに、これも返さないといけないしな」

と、レオがハンカチを取り出し、それを開く。

そこに両親の指輪とチェーンが載っているのを見て、近くのテーブルを拭くふりをしていた希望は思わず手元の伝票ホルダーを倒してしまった。

と、そこへ持田から「ポトフできたよ」と声がかかったので、急いでトレイを用意し、二人分の料理を載せて席へと運ぶ。

「お待たせしました。あ……」

するとレオは、ちょうど席を立つところで、湯気を立てているポトフと希望の顔を見ると、テーブルの上に一万円札を置く。

「悪いが、これで失礼する。釣りはいらない」

そう言い置き、店を出ていこうとしたが、希望は思わずそれを呼び止めていた。

「ま、待ってください……！」

その声に、レオが不審げに振り返る。

「あの……食欲ないかもしれないですけど、うちのポトフは何時間も煮込んですごく消化にいいし、栄養もあるんです。お食事されてないみたいですし、一口だけでも召し上がっていかれてはいかがですか？」

正体を見抜かれたら困るし、さっさと帰ってもらった方がいいのに、なぜそんなことを言ってしまったのか、自分でもよくわからなかった。

ただ、きりきりと張り詰めた糸のような状態の彼を見て、放っておけないと思ってしまったのだ。

希望の言葉に、レオはひどく驚いた様子だったが。

「そうそう、その通りよ。ちょっとだけでも食べておきなさいよ、ね？」

すかさず後藤も助け船を出してくれて、彼を席へと連れ戻して強引に座らせる。

「……」

眉間に皺を寄せながらも、レオは目の前で湯気を立てているポトフを睨《にら》みつけ、不承不承といった様子でスプーンを手に取った。

大きな塊のベーコンを口に入れ、少し驚いたように目を瞠《みは》る。

固そうに見える肉の塊が、ほろほろと口の中で柔らかく溶けていく感触をよく知っている希望は、それを見ていてつい自分も笑顔になった。

「それじゃ、私もいただきまぁす」

後藤もそう言って、ポトフを食べ始める。

「あら、おいし！　よく味が染みてるわねぇ」

「ありがとうございます」

後藤に褒められ、嬉しくなる。

レオは終始無言だったが、スプーンを動かす手が止まることはなかった。

食べ始めると、それまで忘れていた空腹を思い出すのはよくあることだ。

余計なお世話だと鼻先であしらわれるのを覚悟していたが、彼は綺麗に皿を空にしてくれた。

「よかったわね、食べられたじゃない」

「……帰るぞ」

バツが悪いのか、レオは早々に立ち上がった。

その間に希望は受け取った一万円で会計をすませ、お釣りをそっと後藤に手渡す。

「ご馳走さま、おいしかったわ」

「ありがとうございました」

丁寧に会釈すると、レオが立ち止まり、名刺を差し出してくる。

「……私の連絡先だ。きみに似た女性を捜している。なにかわかったら連絡をいただきたい」

「……お役には立てないと思いますけど」

一応そう釘を刺し、希望はそれを受け取った。

二人を店先まで見送り、今度こそ看板を店内にしまってほっとする。

どうにか、ごまかせたようだ。

嘘をついてしまったのは悪かったが、自分は彼の叔父さんのスパイではないし、許してくださ い、と心の中で詫びる。

だが、なんとしても両親の指輪だけは取り戻したい。

手の中の名刺を見つめ、希望は悩むが、やはりあの女性は自分でした、などと告白する勇気はとてもではないがなかった。

「希望くん、店閉めた？」

「は、はい、すぐ掃除始めますね」

持田に声をかけられ、希望は急いで掃除道具を取りに行った。


それから数日はなにごともなく過ぎていき、希望はレオが『謎の女捜し』を諦めてくれたのだと内心ほっとした。

はずだったのだが……。

その日もいつものように店を閉め、最後に入り口に鍵をかけていると、目の前に音もなくタクシーが停車した。

周囲はもう暗かったが、街灯の下にスーツ姿のレオの長身が浮かび上がり、希望はぎくりとする。

——ま、また来た……！

まさかもう一度来るとは思わなかったので、内心慌てるが。

「すみません、今日はもう閉店してしまったんですが」

ここに来るのは、あくまで食事のためですよねと牽制《けんせい》の意味を込めて、彼がなにか言う前に先回りしてそう告げる。

「いや……今日は食事じゃない。きみに話が聞きたくて来た」

切り出しにくそうに、彼が言う。

「きみは食事はまだなんだろう？　よかったらご馳走させてくれないか」

と、レオは希望をタクシーに乗せるそぶりを見せたので、きっぱりと首を横に振る。

「すみません、家に帰ってこれから家族の食事の用意をしないといけないんです。手短にすませていただけますか」

なるべく、とりつくしまのない様子でそう前置きした。

正直、指輪のことはまだ諦めがつかないが、ここは知らぬ存ぜぬで通すしかない。

たおやかな外見にそぐわず、一筋縄ではいかない希望の対応に、レオがなぜかため息をついた。

そして、

「本当は、知ってるんじゃないのか。きみに似ている女性の身元を」

いきなりそう切り込んでくる。

「な、なぜそう思うんですか？」

動揺を見抜かれまいと、希望は努めて平静を装って問い返す。

「きみはなにかを隠してる。そう感じるからだ」

先日は一応紳士的な態度だったが、今はパーティの時のようにやや傲岸不遜《ごうがんふそん》な調子でレオがそう言い放つ。

どうやら、もう猫を被るのはやめにしたようだ。

「私の洞察力を甘く見るなよ。人は動揺している時、必ず行動にそれが出るんだ」

父親譲りの馬鹿正直で嘘のつけない性格を、この時ほど恨んだことはない。

――どうしよう……どう切り抜ければいい……？

レオに詰め寄られながらも、希望は必死に頭脳をフル回転させていた。

「彼女は、きみの知り合いなんだろう？　けれどなにかの事情でそれを言えないようだが、私には関係のないことなので決して口外はしないと誓う。だから彼女の連絡先を教えてほしい」

重ねて懇願され、希望は迷う。

ここでさらに知らないと頑強にはねつけても、一度疑惑を持ってしまったレオはまた店に来るかもしれない。

これ以上隠せば、彼はますますスパイ説を信じ込んでしまう危険もあった。

いろいろ考慮した結果、希望はついに白旗を掲げることにした。

「……あの晩、パーティに行ったのは俺のい、従妹《いとこ》です。本当は俺が姉達の荷物持ちを頼まれたんですけど、ちょっと仕事が抜けられなくて、行かれなくて。そしたら従妹が代わりに行ってくれたんです」

そして、咄嗟に思いついた『従妹』ということにしてしまう。

「きみの従妹だったのか。なぜ隠した？」

「そ、それは……その……そう！　姉達があなたのファンで、家を訪ねてくれたのをすごく喜んでまして。なのに捜してる人が自分達じゃなく、俺の従妹だと知ったら、きっと彼女にヤキモチを焼くんじゃないかと思って……」

苦し紛れに、なんとか理由をでっち上げるが、これで信じてもらえるか内心はらはらだった。

「さっきも言った通り、きみの従妹に関して誰にも他言はしない。約束する。だから一度だけ、彼女と会ってきちんと話がしたい。連絡を取ってもらえないだろうか」

再度真摯《しんし》に頼まれ、希望は迷う。

「なにがあったか知りませんけど、彼女は……悪いことをするような人ではありません。それだけは信じてください」

「それを確認するためにも、会いたい。それに返さなければならないものも預かっている」

指輪のことを持ち出され、さらに心が揺らぐ。

だが、会わせろと言われても、もう一度女装して、彼に正体がバレない自信がなかった。

「それは……俺から返すってことじゃ、駄目ですか？」

なかなか首を縦に振らない希望に、レオが訝《いぶか》しげに問う。

「なぜそんなに彼女に会わせたくないんだ？　なにか理由でも？」

痛いところを衝かれ、希望は返事に困った。

「そ、それは……その、ちょっと引っ込み思案で人見知りなので。あなたのような、高級ブランドの偉い人が相手だと、委縮してしまうと思うので心配なんです」

と、またまたなんとか言い訳でごまかしたが、レオは引かなかった。

「別に取って食おうというわけじゃない。本当に話を聞きたいだけだ。頼む」

ここまで食い下がられれば、もう嫌とは言えなかった。

「……少し考えさせてください。なにかあったら、連絡はこないだいただいた名刺の番号に電話しますので」

彼と別れ、自宅に戻って夕食作りに取りかかっても、希望はまだ迷っていた。

——どうしよう……もう一度会ったら、絶対俺だってバレるよね。

だが、あの様子では指輪は直接会わないと返してもらえない。

どうしても指輪を取り返したい希望は、つい野菜を刻む手が止まってしまう。

するとと、二階から紙袋を手に下りてきた春菜がキッチンに顔を覗かせた。

「ちょっとぉ、希望。ごはんまだ？　おなか空いてるんだけど」

「あ……すみません、すぐできますから」

「んもう、早くしてよね」

いつものごとく文句を言いながら、彼女は手にしていた紙袋を差し出した。

「これ、こないだあんたが着た服とかよ。もう使わないから捨てといて」

「……わかりました」

用事を言いつけると、さっさと行ってしまう姉の背を見送り、希望は受け取ったそれに視線を落とす。

履き古されたハイヒールを取り出して眺め、期せずして女装道具一式が手に入ったのは幸運なのか、それとも不幸なのかを考える。

——やっぱり指輪を取り返すには……これしかないか……。

もう一度だけ、『女性』になる。

その決意を、希望は固めていた。


数日後。

希望は東京《とうきょう》駅近くにある、カフェにいた。

そわそわと落ち着かないのは、むろん女装姿だからだ。

意を決し、公衆電話からレオの携帯番号の留守録にこのカフェでの待ち合わせ時間を吹き込んでおいた。

ここに決めたのは、カフェにしては照明が暗いからだ。

少しでも顔が見えないに越したことはない。

――やっぱり無謀だよな……。

できることなら、今からでもこの場を逃げ出して帰りたい。

姉から捨てるよう言われた服とメイク道具で、こないだの晩の手順を思い出しながらなんとか自力で女装したのだが、正直ちゃんと女性に見えるか自信がなかった。

パーティの時と同じワンピースでおかしなものだが、同じ服なら見間違えられることもないだろうと開き直る。

ちなみに自宅から女装して出かけられるはずもなく、やむなく近くの公衆トイレで着替えからメイクまですませたのだが、男子トイレから出る時が一苦労だった。

――とにかく、あの人が納得しようがしまいが、指輪だけ先に返してもらって逃げよう。

心を落ち着けるためにアイスコーヒーを飲んでいると、カフェの扉が開いてスーツ姿の男性が入ってきた。

金髪とその長身で、いやでも目立つレオの登場に、店内にいた女性客達の視線が一斉に彼に釘付けになる。

そんな視線をものともせずに店内を見回し、レオがまっすぐ自分の方に向かって歩いてくるのを見ると、希望は高まる緊張にごくりと唾を呑んだ。

「すまない、待たせたな」

「……いえ」

レオは向かいの席に着くと、ギャルソンにコーヒーをオーダーした。

顔を上げ、『レストランの店員』とバレるのが怖くて俯いていると、その沈黙が気まずかったのかレオが話し出す。

「今日はきみの従兄《いとこ》に無理を言って、この場を作ってもらった」

「……聞きました。まだ私を、スパイだとお疑いなんですか？」

思い切って顔を上げるが、レオの様子に異変はない。

どうやら二人が同一人物だとは露ほども疑っていないようだったので、ほっとした。

「あれから招待客の中で、該当する人物を捜したが見つからなかった。『キッチン一条』の希望くん、だったかな、彼に聞かなかったら永遠にきみを見つけられなかっただろう。身元を隠してパーティに来ていた時点で、怪しまれてもしかたがないと思うが？」

「それは……そうなんですけど」

痛いところを衝かれ、希望は昨晩必死に考えてきた言い訳を口にした。

「希望が用事で急に行かれなくなったので、私が春菜さん達に荷物持ちを頼まれたんです。私には招待状がないので、会場に入るつもりはありませんでした。その話をしたら後藤さんが同情してくださって、パスを貸してくださったんです。本当にそれだけです」

後藤とぶつかってコーヒーをかけられなかったら、自分はロビーでただ姉達の帰りを待ち続けていただろう。

「本当に、私の叔父とは関係ないのか？」

「神に誓って」

それは本当のことだったので、希望はまっすぐレオの瞳を見つめ返した。

その様子に嘘はないと感じたのだろう、レオがため息をつく。

「……そうか。あの時は準備段階のトラブルがあって、私もピリピリしすぎていた。失礼な対応をしたことを謝罪する」

そして、実に男らしい角度で頭を下げる。

見かけは異国の血の方が濃いのに、こうした所作が彼の内に流れる日本人の血を感じさせた。

――――意外だな……プライド高そうで、絶対他人に頭なんか下げないタイプの人に見えたけど。

堂々たる謝罪を受け、希望は逆に慌ててしまう。

「……いえ、わかっていただければ、それでいいんです。お……私も大切なドレスと知らずお借りしてしまったのも不注意でしたから」

ブランドでの発表前のドレスならば、関係者が情報漏れに神経を尖らせるのは当然のことだ。

女装していたから逃げ回る結果になってしまったが、レオの疑惑に関しては恨んだりしていなかった。

「あの……叔父さまがスパイを潜り込ませた、みたいなことをおっしゃってましたが、ブランドの世界ってそういうことがよくあるんですか？」

わかってもらえたことにほっとして、気になってしかたがなかったことを、つい聞いてしまう。

するとレオも警戒を解いたのか、苦笑しながら答えてくれた。

「恥ずかしい話だが、うちのブランドは今内部分裂しかけていてね。ルーヴァンヌは代々親族経営で、父が統括していたのだが、二年前に亡くなってから私がまだ若輩で頼りないと父の弟、つまり私の叔父があれこれ横槍を入れてくるようになったんだ。どうもうちのデザイナーを引き抜いて独立し、新ブランドを立ち上げるつもりらしい。そのために邪魔な私を、これ幸いに日本文店立ち上げの総責任者にして本店から遠ざけたというわけだ」

「そ、それじゃ今頃大変なんじゃないんですか……?」

他人事ながら、人の好い希望はつい心配してしまう。

「まぁ、私も黙ってそれを見ているほどお人好しではないのでね。不在の間、私の目になってくれる人間は残してきたので、こちらから指示を出すつもりだ」

内部事情がマスコミに知られるとまずいので、これはここだけの話にしてくれ、と頼まれ、希望はもちろんですと請け負った。

おそらく、自分を疑った詫びのつもりで本来は部外者には話さない話をしてくれたのだと察すると、強面の見かけによらずいい人だな、と希望は単純に思ってしまった。

それに偶然だが父親を亡くした時期も近かったので、余計に親近感を覚える。

「そうだ、これをきみに返さなければ」

ようやく思い出したように、レオが懐からハンカチを取り出す。

「あの晩、控室に落ちていたんだが、きみのものだろう?」

両親の指輪とチェーンを手に取り、希望は思わず微笑む。

「はい、拾ってくださってありがとうございます。とても大切なものなんです」

「……そうか」

なぜかレオは眩《まぶ》しげな表情で、希望を見つめていた。

「きみ、失礼だが身長は？」

「え……百七十一、ですけど」

女性にしては少し高めだが、ごまかすのもおかしいので正直に答える。

「モデルの経験は？」

「な、ないです」

そんなもの、あるわけないと希望は慌てて首を横に振る。

「私は泰隆のようにデザインの才能は皆無だが、なにが売れるか、どうすれば売れるかというマーケティングにかけては多少自信がある。きみに初めて会った時、その雰囲気になにかを感じた。うちのブランドモデルの、オーディションを受けてみる気はないか？」

「ルーヴァンヌのモデル……？　私が、ですか？」

突然思ってもみなかった誘いを受け、希望は驚くのを通り越して茫然としてしまった。

「本店のモデル達は皆百八十近くあるが、私は日本では身長や既定枠に捉われない、うちのブランドに合うモデルを探したいと思っている。考えてはもらえないだろうか」

重ねて乞われ、希望は深々と頭を下げた。

「すみません……！　お気持ちは嬉しいですけど、人前に出るのも苦手な私にはとても無理です。勘弁してください」

女性としてモデルをするなど、できるわけがない。

ただもう、必死に断るしかなかった。

「そうか、とても残念だ」

本心から困っている雰囲気が伝わったのだろう、レオはそれ以上無理強いしてくることはなかったのでほっとする。

それから二人はカフェを出た。

自分の分を払おうとしたが、レオが払ってしまって代金を受け取ってくれなかったので、礼を言う。

「あの……それじゃ、これで。日本でのお仕事が成功するよう、祈ってます」

ぺこりと一礼し、立ち去ろうとすると、ふいに手首を摑まれ、引き留められた。

「レオ、さん……？」

なんだろう、と彼を見上げると、レオは眉を寄せ、なにかを苦悩しているような表情で言った。

「結局、きみは名無しのシンデレラのまま、名前も教えてくれないでまた消えてしまうのか……？」

「そ、それは……」

いないはずの従妹の名など、言えるはずもない。

どうしたらいいんだろう、と困惑していると、次の瞬間、強い力で抱きしめられていた。

「え……？」

一瞬、我が身になにが起きたのか把握できず、希望はされるがままだ。

大きく瞳を見開いた希望の目の前に、レオの端整な美貌が迫ってくる。

あっと思う間もなく、唇に柔らかい感触があった。

今、いったいなにが起こっているのだろうか。

ふと我に返った時には、目近にある彼の深い青の瞳に自分が映っていた。

キス、されたのだ。

そう理解するまでに、しばらくかかった。

なぜ今、抵抗もせずにされるがままだったのだろう……？

そんな自分が認められず、頭にかっと血が上った。

夕方とはいえ、こんな人通りの多い往来で、こんなことをするなんて。

次の瞬間、希望は目の前の彼に平手打ちを食らわせていた。

パン！　と鋭い音が響き、相当な衝撃があったはずだったが、レオは微動だにせず瞳を伏せている。

自分でも、殴られるようなことをした自覚はあるようだった。

「な、なにするんですか！　馬鹿にしないでください！」

羞恥に頬を染め、希望は手の甲で唇を拭いながら叫ぶ。

「もう二度と、お会いすることはありません……失礼します！」

激しく動揺し、後ろも見ずにその場から駆け出す。

慣れないヒールで危うく転倒しそうになり、希望はようやく立ち止まった。

息を切らせ、振り返るがレオが追ってくる気配はなくてほっとする。

――なんなんだよ、今の……。

まだ心臓がばくばくしていて、指先が小刻みに震えていた。

ああいう、派手な業界に関わる仕事をしている人だ。

今頃、この程度で大騒ぎするなんて、と呆《あき》れられているかもしれない。

だが、彼らにとってはこの程度のことは日常茶飯事なのかもしれないが、希望にとっては初めてのキスだった。

――どうせ俺はモテないよ、ファーストキスで悪かったな！

考えているうちにムカムカしてきて、希望は憤然と歩き出した。

けれど、さきほどの彼の表情が、頭から離れない。

今の彼の表情は、遊びやからかいとはとても思えないほど真剣に見えた。

もしかしたら、彼が必死に自分の行方を捜していたのは……？

そこまで考え、希望は慌てて首を横に振った。

――そんなはず、ないない！　海外生活でハメを外して、ちょっとこっちの女の子をつまみ食いしようとか、そういうノリに違いないんだから。

まさに女の敵だと、すっかり女性になりきって希望はレオに腹を立てていた。

とにかく、目的の指輪は無事取り返したのだ。

今のは犬にでも噛まれたと思って忘れてしまおう。

希望は一刻も早く女装を解くために、トイレを探して歩き出した。


それから数日は、なにごともなく過ぎていき。

希望はいつも通り、店で忙しく立ち働いていた。

そのシャツの下には、無事戻ってきた二つの指輪が揺れている。

大切な指輪は取り戻せたし、これですべて問題は解決した。

そう思っていた矢先のことだった。

閉店間際の店に、後藤が立ち寄ったのは。

「こんばんは。今出先から帰りなんだけど、近くを通りかかったからまた来ちゃった」

「いらっしゃいませ、お好きなお席へどうぞ」

今日の後藤はデザイナーらしい派手な色彩のシャツにラフなジーンズ、それに大きなキャンバスバッグを抱えていた。

例の件はもう終わったとばかり思っていたのに、まだなにかあるのだろうか？

そう案じつつも、希望はオーダーを取りに行く。

「今日は……そうね、お勧めのビーフシチューをいただこうかしら。サラダセットで、あとそれからアイスティーも」

「畏まりました、少々お待ちください」

ポトフの味が気に入って食べに来てくれたのなら嬉しいと、希望は少しほっとした。

熱々《あつあつ》のビーフシチューを席へ届けると、後藤はデミグラスソースが好みの味だと絶賛してくれる。

「ほんと、ここのお店ってなに食べてもおいしいわねぇ。知る人ぞ知る穴場ね。今度同僚にも紹介しとくわね」

「ありがとうございます」

希望が笑顔で礼を言うと、後藤はさりげなく話題を変えた。

「あれからレオ、ここに来た？」

「え……？」

べらべらと話していいものか、と迷っていると、後藤が畳みかけてくる。

「きみの従妹ちゃんと二人で会えたとこまではなんとか聞き出したんだけど、その先はレオに聞いても頑として口を割らないのよ。もう気になって気になって！　お願いだから、あれからシンデレラとレオがどうなったか、教えてちょうだい！」

と、すごい勢いだ。

「どうなったかっていうとですね……」

希望はどう伝えればいいのかと悩みつつ、結局レオにキスされたことだけぼかして『失礼なことをされた』と従妹が怒っていたと告げた。

「じゃ、従妹ちゃんには嫌われちゃったのね」

「ええ、もう会いたくないと言ってました」

嘘をつく罪悪感にちくちくと苛《さいな》まされながらも、希望はそう答える。

「はぁ……残念。久しぶりにレオが恋心を取り戻したと思ったのに」

後藤のなにげない呟きに、希望は耳を疑った。

「い、今なんて……？　レオさんが、恋……？」

「ああ、本人に自覚はないみたいだけどね。私の読みでは、パーティの晩に出会って一目惚れしちゃったんだと思うのよ、従妹ちゃんに。モデルだ、忘れ物だなんていろいろ理由つけて捜してたけど、本音じゃもう一度会いたい一心だったと思うわけ」

ドリンクのアイスティーで喉を潤してから、後藤が続ける。

「あんな風に強面で押し出しが強くて、それこそ女なんか千人斬りしてそうな顔してるけど、レオって見かけと反比例して恋愛に関しては一途なのよ。でも以前、トラウマになるようなことがあって、レオはもう一生恋愛も結婚もしないって言い張るようになっちゃったの。けど、そんな人生って寂しいじゃない？　だからなんとかしてやりたかったんだけど、従妹ちゃんとの出会いで、これは千載一遇に訪れた恋のチャンスだわって期待してたのよ。でも恋愛は相手があることだから、やっぱりそうそううまくはいかないわね」

最近ワーカーホリックの仕事バカだったから、久々の恋愛モードで勘が鈍ってテンパって、きっとすっごく失礼なことしちゃったのね、と後藤が断言する。

そんな事情だったとは露知らず、冷たく接してしまった希望はさらに罪悪感に襲われた。

――叩いたりしちゃって、悪かったかな……。

とはいえ、『従妹』と彼の恋が成就することはありえないのだから、こういう結末にしかならないのだ、と自分に言い聞かせる。

それにしてもレオが自分の女装姿に一目惚れしたということが、希望にはまだ信じられなかった。

――レオさんって、女性の趣味悪いんじゃないかなぁ……。

心の底から、そう心配してしまう。

「でも後藤さんは、レオさんのこと本当に親身になって考えてらっしゃるんですね」

「ふふ、そうね。私達、実は従兄弟《いとこ》なの。レオが小学生くらいまでは一緒に暮らしてたから。兄弟みたいなものよ」

「そうなんですか？」

道理で、会社関係の同僚にしては遠慮のない物言いだと思った、と希望は納得する。

後藤が真剣にレオの身を案じているのは、そうした肉親の情があるからなのかもしれない。

「ほんと、希望くんにもいろいろ迷惑かけちゃってごめんなさいね」

「いいえ、お気になさらず。ぜひまたいらしてください」

店のお客としてなら大歓迎だったので、希望は笑顔で彼を見送った。


とにかくこれでもう、彼に関わることはないのだとほっとしかけた頃、レオは再び閉店間際に姿を現した。

——こ、今度はなにしに来たんだ、この人⁉

さては正体がバレてしまったのではと内心ビクついてしまう。

だが、ここはレストラン。

食事をしに来た客を追い返すこともできない。

後藤から『一目惚れ』の話を聞かされているだけに、なおさら態度が不自然になってしまいそうなのを、希望は努めて平静を装って出迎えた。

「いらっしゃいませ。ご注文はなんになさいますか？」

「……ポトフを」

「畏まりました。少々お待ちください」

　こないだのキスを思い出してしまいそうで、彼の顔が正視できず、希望は事務的に注文を取って料理を提供した。

「お熱いので、お気をつけてお召し上がりください」

「ありがとう」

　一人窓際の席に座ったレオは、黙々とポトフを食べ始めた。

　厨房に戻ると、持田がガスコンロのツマミを弄りながら渋面を作っている。

「やれやれ、火力が安定しないな。いよいよ買い替えないとまずいかなぁ」

「やっぱり駄目そうですか？」

　少し前からずっと調子が悪く、騙《だま》し騙し使ってきたのだが、いよいよ寿命が近いようだ。

「けど社長が予算を組んでくれるわけないよなぁ、どうしようか」

「困りましたね……」

　そんな話をしながらふと店の方へ視線を投げると、レオがこちらを見ている。

　水のお代わりが欲しいのだろうか、と希望は急いでポットを手に店に戻るが、彼は食事を終えたらしく、皿は綺麗に空になっていた。

「お口に合いましたか？」

「ああ、うまかった。そういえば、これが今日初めての食事だ」

「本当に？　そんなことしてたら、倒れちゃいますよ？　食事はきちんと摂らないと」

「……そうだな」

席を立ち、会計をすませるとレオがふと呟く。

「きみの想像通り、従妹くんには見事に嫌われてね。名前も連絡先も教えてもらえなかった。詫びの印になにか贈りたかったが、そういうことを嫌いそうな人だったのでやめておく。せめて、きみから私が謝っていたとだけ伝えてもらえないだろうか」

「……それくらいなら、別にいいですけど」

レオがあまりに悄然としているので、つい同情してそう言ってしまう。

「そうか……ありがとう」

少し心の重荷が下りたらしく、レオは初めて弱々しい笑みを見せた。

――この人が横柄じゃないと、なんか拍子抜けしちゃうな……。

「あの……大丈夫ですか？　顔色がよくないですけど」

「ああ、少し疲れているだけだ」

つい心配になってそう尋ねると、レオはややためらった末、突然告げる。

「私は、きみの従妹に一目惚れをしたのかもしれない」

「……え？」

まさかストレートにそんな告白をされるとは思わず、希望は狼狽してしまうが、レオはなぜか苦笑した。

「だが、いいんだ。私は片思いしているくらいが、ちょうどいい」

「……？」

その言葉の意味がわからず、希望は首を傾げる。

「それじゃ」

「あ、ありがとうございました」

動揺しているうちにレオは店を出ていき、希望は遠ざかっていくその大きな背中をただ見送ることしかできなかった。

——嘘ついて、本当にごめんなさい……。

ただ、心の中でそう謝ることしかできない。

こうして一抹の罪悪感を希望の胸に残しながらも、この一件はとりあえず解決したのだった。

◇　◇　◇

それから一週間ほど経った、平日のこと。

閉店間際に店の電話が鳴ったので、希望は元気よくそれに応対する。

「ありがとうございます、キッチン一条です」

『希望くん？　私よ』

電話の相手は、後藤だった。

携帯電話で歩きながら話しているらしく、雑音が多少入ってくる。

「後藤さん、いつもありがとうございます。どうされました？」

あれから後藤の紹介だという客が何人か来てくれたので、また予約かな、と思っていると。

『店、そろそろ終わる？』

「はい、もうすぐ閉店時間ですけど」

店の時計を見上げながら、答える。

後藤はなにやら歯切れが悪く、なかなか用件を言い出そうとしない。

『う～ん、こんなことお願いするのって、図々しいのはよくわかってるんだけど』

「なんですか？　俺にできることならお手伝いしますよ？」

と、人のいい希望はついそう申し出てしまう。

『そぉ？　実はね、レオが過労で倒れたのよ』

「え……？」

『ストレスと過労からくる高熱で三日間の絶対安静を申し渡されて、今ホテルの部屋で寝てるわ。でも食欲ないって言って、なにも食べないのよ。私、心配で。で、あなたのお店のポトフなら食べるんじゃないかと思って、こうして電話してみたの』

「少々お待ちください」

一旦電話を保留にし、希望は厨房に飛んでいって持田にポトフの在庫を確認した。

簡単に事情を話すと、「特別だけど、事情が事情だから配達してあげたら？」と持田も言ってくれたので、急いで電話に戻る。

「今日の分、まだ残ってます。よかったらお持ちしましょうか？」

「本当？　ああ、助かるわ。私もこれから出なきゃいけなくて困ってたの。途中でそっちに寄るから、用意していてね」

後藤との電話を切り、希望は持田が小ぶりの鍋に移し替えてくれたポトフを厳重に包み、手提げ袋に入れて待機した。

ややあって、タクシーが店先に停車し、後藤が顔を出す。

「ほんとにありがとう。これ、ホテルの地図と部屋のカードキーよ。他に誰もいないから、勝手に入っちゃっていいから。このタクシー券使ってね」

「はい、わかりました」

後藤からそれらを受け取り、彼のタクシーが走り去るのを見送ってから、希望は大通りへ移動し、走っているタクシーを捕まえた。

――レオさん、大丈夫なのかな……。

車中でも、彼の容体が気にかかり、落ち着かない。

レオが滞在しているのは、銀座のルーヴァンヌ本社ビルにほど近い、丸《まる》の内《うち》にある超一流ホテルだった。

こんな高級ホテルに縁のない希望は、質素なシャツにジーンズ姿で来てしまったことを後悔したが、しかたがないと覚悟を決めてエントランスを通過する。

案内板を頼りに進むと、なんとそのカードキーはスイートルームで、エレベーターもそのキーがなければ乗れないスイートルーム客専用のものだった。

たまたま他の裕福そうな中年カップルと同乗する羽目になり、上から下までじろじろ見られたのでひどく居心地が悪かった。

内心、スタッフに途中で呼び止められるのではないかとびくびくしたが、幸いなんとか三十二階にあるレオの部屋まで辿り着く。

インターフォンを押しかけ、眠っているのを起こしてしまうかもしれないと気付き、そのまま静かにキーを使って中へ入った。

「お邪魔します……」

一応小声でそう挨拶し、先へ進む。

スイートルームだけあって、さすがに室内は広々としている。

入ってすぐに大きなダイニングテーブルと椅子のあるダイニングがあり、スイートにしては珍しくその隣にミニキッチンがついていた。

その奥にはミニバーと、十人近く座れるロングソファーが置かれたリビング。

シャワールームとバスルームも別になっているようで、かなり贅沢《ぜいたく》な造りだった。

――うわ……ここって一泊三十万くらいするんじゃないかな。

ここに三ヶ月も滞在するというのだから、レオは相当なセレブなんだろうなと感心してしまう。

ミニキッチンとはいえ、電磁調理器やレンジまで完備されている。

食器類も揃っていたので、希望はなるべく音を立てないようにポトフを温め始めた。

そっと寝室のドアを開けてみると、薄暗くした室内にあるキングサイズベッドに横たわったレオの姿が見えた。

枕元には点滴ホルダーが置かれており、彼の左腕に繋がれている。

食欲がない上に熱が高いので、多分脱水症状にならないように生理食塩水を点滴されているのだろう。

そっと扉を閉め、ミニキッチンに戻った希望は、薬缶《やかん》がなかったのでミネラルウオーターをレンジで温め、湯呑みに移した。

それを手に再び寝室を覗いてみると、今度はばっちりレオと目が合った。

どうやら目が醒めたようだ。

熱で頭が朦朧《もうろう》としていたのだろう、彼は希望を一瞬幻覚かなにかと思ったらしく、二、三度瞬《まばた》いてからもう一度凝視してきた。

そして。

「……不法侵入者がいるな。警察を呼ぶぞ」

開口一番の言葉がなんとも彼らしくて、希望はつい笑ってしまう。

「憎まれ口を利く元気があれば、大丈夫そうですね」

彼の横柄さにはなんとなく慣れてしまったので、希望は湯呑みをベッドまで運んでやった。

「どうぞ、熱があるので水分を摂った方がいいですよ」

「……どうやって入った？　なぜここにいる？」

「後藤さんにポトフの配達を頼まれまして、キーを預かりました。具合はいかがですか？」

「……あいつ、また余計なことを」

横になったまま、レオが舌打ちする。

「少し眩暈《めまい》がしただけだ。もうなんでもない」

「なんでもないって、点滴されてるじゃないですか」

「……」

反論できないのか、レオが押し黙った。

「点滴より、一口でも口から摂った方がずっと効果があるんですよ。さぁ、飲んで」

重ねて勧められ、レオが不承不承といった様子で湯呑みを手に取った。

が、一口含んで、顔を顰《しか》める。

「……味がない。なんだ、これは」

「白湯《さゆ》です。熱がある時は、少しでも水分を補給しないと。頑張って」

おそらく、ただのお湯など飲んだことがなかったのだろう。

いかにも育ちのいい御曹司の反応に、ついおかしくなってしまう。

それでももう一口飲んで、レオは湯呑みを返してよこした。

「ポトフ、食べられそうですか？」

「……いや、今はいい」

「他になにか欲しいものはありますか？　果物とか」

なにげなくそう問うと、レオは不審げに眉を寄せる。

「きみの店は、病人の看護まで請け負うのか」

「いいえ、普段は配達もしてません。けど、後藤さんがとても困ってらしたので。それに病気の時はお互いさまですから」

「……」

ふと枕元を見ると、医者が処方したらしい薬の袋が置かれていたので、希望はそれを手に取る。

「お薬飲まないといけないみたいですね。胃が荒れるから、なにか胃に入れないと」

「……なら、少しもらおう」

珍しく素直にレオが言ったので、少し驚いてしまう。

「わかりました、ちょっと待っててくださいね」

急いで取って返し、温めたポトフをトレイに載せて戻る。

食べやすいようにレオの背中にクッションを入れてやり、背もたれを作ってやってから膝の上にトレイを置いた。

熱が高いのか、レオは身体を起こすのも大儀そうで顔色も悪かった。

「まったく泰隆ときたら……きみには顔を合わせづらいのを知っていて、こんなことをするんだから、まったく性質《たち》が悪い」

そうぼやくので、希望は目を丸くする。

「顔、合わせづらいから、あれからお店に来てくれなかったんですか？」

「……きみには恰好悪いところばかり見られているからな」

照れているのか、素っ気ないレオが、なんだか可愛らしいと感じてしまう。

希望にじっと見つめられて気まずいのか、レオはスプーンを手に取ってポトフを食べ始めた。

「手伝いましょうか？」

「……私は介護老人じゃない」

素直ではない彼の態度には慣れてしまったので、希望は笑って流す。

だがそれも面白くないようで、レオは唇をへの字に曲げながらスプーンを口に運んだ。

ひと匙《さじ》、もうひと匙とゆっくり嚙み締めている。

店で出すよりさらにトロトロに煮込んであるので、体調の悪い時にも食べやすいだろう。

「よかった、半分くらい食べられましたね」

返してよこした皿の中身が半分減っていたので、希望はほっとする。

それから湯冷ましを作ってやり、それで処方された薬を飲ませた。

「……ご馳走さま」

照れくさいのか、ほとんど聞こえないほどの小声で礼を言われ、希望は「どういたしまして」と返す。

さて、配達を依頼され、彼の食事が終わったのだからあまり長居するのもおかしなものだ。

彼の容体が気にかかるものの、自分は部外者だしな……と考え、希望は椅子から立ち上がる。

「点滴してるから大丈夫だと思いますけど、一応枕元にスポーツ飲料を置いておきますね。飲めそうだったら水分摂ってください」

するると。


するると。

「……帰るのか」

そう聞いてきた声音が、なぜか寂しげだったので、希望は迷う。

本当ならこの時間は家に帰って、溜まっている家事をしなければならない。

だが、こんな風に弱っている彼を一人残していくのはためらわれた。

少し考え、希望は言った。

「じゃあ、もう少しキッチンのある部屋で待機してますので、なにかあったら呼んでください」

「……いてくれるのか？」

「はい、乗りかかった船なので」

そうか、と呟いたレオの表情がほっとして見えたので、そう答えてよかったと思った。

具合の悪い時は、誰でも心細くなる上、彼は久方振りの日本でたった一人なのだ。

袖振り合うも多生の縁。

自分でよければ、しばらくそばに付き添っていようと希望は思う。

それに一応、騙してフった身としては罪悪感があるので、せめてもの罪滅ぼしの意味もあった。

◆　◆　◆

——最悪だ……泰隆の奴、よりによってあの子に頼むか。

希望が寝室を出ていくと、レオはそのまま地面に穴を掘って埋まりたい気分になる。

彼にはひどくみっともないところばかり知られているというのに、まさに恥の上塗りだ。

——なにもかも、ツイてない……やっぱり私にとって日本は鬼門《きもん》なんだ。

思えば、日本進出計画を叔父に押しつけられた時から、この不運は始まっていたとレオは思う。

いや、本当の禍根《かこん》は自分が生まれたところまで遡《さかのぼ》らないといけないのかもしれない。

と、熱に浮かされたレオはベッドの中で唸《うな》る。


レオは、生まれは東京だ。

正確に言えば、生まれてから十歳までは東京で、母方の叔父である後藤の父の許で彼と兄弟のように育てられた。

レオの母は若い頃から活動的で、『自分は世界に通用するデザイナーになる』と宣言し、家出同然で実家を飛び出してフランスはパリに身一つで向かったという。

なんとか下働きで採用してもらい、下積み修業をして数年。

女性らしからぬ野心に溢《あふ》れた母は、当時勤めていた店に出入りしていた父に積極的に近付いたようだ。

当時、まだ若かった父、エミリオが『ルーヴァンヌ』の後継者で、いずれルーヴァンヌブランドを背負って立つ人間だと知った上でのことで、ようするにデザイナーとして成功したかった母は手っ取り早く『女』を使ったというわけだ。

二十代前半の頃の母は東洋人にしてはスタイルもよく、華やかな美人だったため、首尾よく父を虜《とりこ》にすることができ、やがて母はレオを身籠《みご》もった。

当然、これで結婚できると思いきや、『外国人と結婚するなんてとんでもない』と父の一族からの猛反対を受け、父は周囲の決めた女性との結婚を決めた。

夢破れた母は、けれど堕胎を選ぶことなく、出産のために一時帰国して東京の実家でレオを出産した。

レオを産むと、母は彼を実家の母と叔父夫婦にほとんど押しつけるように預け、再び仕事のためパリへ戻っていった。

なので物心つくまで、レオは叔父夫婦を自分の本当の両親だと思い込んでいたが、後藤も皆も黒髪なのに、なぜ自分だけ金髪なのだろうと不思議に思っていた。

小学校に上がる頃になると、さすがに自分が『未婚の母が産んだ私生児』だということはどこからともなく耳に入るようになる。

己の出生の秘密を知り、日本人に囲まれて暮らす中で、レオは飛び抜けて目立つ己の容姿を呪った。

幸い、上背もあり腕力も強かったので、いじめられても反撃して勝てたので、そのうちレオに因縁をつける子もいなくなったのだが。

母は気まぐれでたまにしか帰国せず、ほとんど顔すら憶えていない状態だったが、その分祖母と叔父夫婦はレオを大切に慈しんでくれた。

叔父夫婦は小さな町工場を経営していて、経済的には火の車だったが、たとえ貧しくてもレオは彼らとの生活が好きだった。

そうして十歳になった頃、突然レオの許を実の父親、エミリオが訪れることになる。

十一年前、母とは違う女性と結婚した父だったが、その女性との間に子供ができることはなく、数年前に離婚。

次に再婚した女性との間にも、なぜか子供ができないのだという。

そこで十年してようやく、レオを正式に認知したい、一緒にパリで暮らしたいと言ってきたのだ。

今さらの要望に呆れ、レオは即座に断ろうとした。

だが、母にはすでに了承を取り付け、多額の現金を渡したと聞かされ、絶句させられる。

なんと母は、レオをルーヴァンヌ一族に跡取りとして金で売ったのだ。

その頃、母はすっかりエミリオのことなど忘れ、他の若手デザイナーと結婚し、ニューヨークに住んでいた。

子供も二人おり、つまりは自分は用ずみの子供というわけだ。

所詮、人生はこんなものなのかもしれない。

幼い頃から妙に醒めたところのあったレオはそう達観し、自らの運命を受け入れることにした。

レオは父に、『母に支払ったのと同じ金額を祖父母と叔父夫婦に支払うなら、条件を呑む』と答えたのだ。

家族は必死でそれを止めたが、レオの決意は変わらなかった。

叔父達が、母が養育費として送ってくる金でなんとか工場の自転車操業を続けていたことを子供心に知っていたからだった。

『レオのお陰で、私はデザイン専門学校に行かせてもらえたのよ』と、後藤は今でもことあるごとにそう言って感謝するが、レオからしてみれば実の子でもないのに十年も育ててもらった恩返しがこんなことでできたとは思っていなかった。

こうして十歳でレオはパリに渡り、『後藤玲央《れお》』から『レオ・ド・ルーヴァンヌ』となった。

レオを『ルーヴァンヌ』の後継者にしたい父は、パリでも名門私立校に入学させ、家庭教師もつけた。

日本にいた頃はその外見から異邦人扱いだったレオだったが、パリへ来ても世間体をなにより気にする一族からは『外国人の妾に産ませた子』という蔑《さげす》みの目で見られ、結局どこにも自分の居場所などないのだなと痛感した。

口さがない連中を黙らせるには、父の後継者にふさわしいと認められるしかない。

どうせ人生に、なんの価値も目標も見いだせないのだ。

父が自分を後継者として利用するならば、自分もその立場を利用し、いずれはこのブランドを牛耳《ぎゆうじ》る人間になってやろうと心に誓った。

幸い、頭はいい方だったので勉強に苦労することはなく、とんとん拍子にハーバード・ビジネス・スクールでMBAを習得し、帰国後『ルーヴァンヌ』へ入社。

初めは一社員として派遣され、現場を見てから二年後にパリ支店の支店長に就任した。

その後、店舗の売り上げを伸ばした功績でさらに昇進し、二十七歳の時にはパリ本店の統括部長になった。

母の血を引いたものの、まったくデザインセンスのないレオだったが、売れる商品を即座に見抜く目は持っていて、その予感は面白いほどよく当たった。

仕事も順調で、若いながらもその実力が認められつつあり、レオの立場も地位と共にだんだんと認められるようになっていった。

秘書を務めていたニーナと付き合い始めたのも、その頃だ。

母親の仕打ちでどうしても女性にいい感情を抱けないレオは、加えて自分のステータスに群がってくる女性達にもうんざりさせられていて、真剣な付き合いは避けてきた。

だが、ニーナとは仕事で行動を共にするうちに親しくなり、レオは次第に本気で彼女に惹かれていった。

いい加減、自分も昔のトラウマは忘れ、しあわせになってもいい頃かもしれない。

交際を始めて一年、そろそろニーナに結婚を申し込もうと思っていた矢先、レオは父から驚愕の事実を知らされる。

なんと彼女は、一族と父が選抜した、家柄もステータスも申し分のない女性で、彼女はレオの花嫁候補として秘書に送り込まれていたのだ。

ニーナを詰問すると彼女もその事実を認め、『ルーヴァンヌ』の後継者の妻となることを了承し、自然にきっかけを作ってあなたと付き合ったと悪びれもなく言い放った。

この時ほど、己の迂闊《うかつ》さを後悔したことはなかった。

母から自分を金で買った父達が、自分の花嫁及びブランドを背負って立つ妻をレオになど選ばせるはずがなかったのだ。

ニーナを愛していた分だけ、裏切られた気持ちでいっぱいだった。

天国から地獄へと突き落とされたレオはニーナに別れを告げ、父には一生結婚はしないと宣言した。

それからも何度も一族が薦める女性との縁談が持ち込まれたが、レオは頑として首を縦には振らなかった。

自らの運命を受け入れ、この道を選んだが、一族の種馬になるのはまっぴらだった。

結婚のことで言い争いになったまま、二十九歳の時に突然父のエミリオが病に倒れ、帰らぬ人となってしまった。

血を分けた父親と、ついにわかり合えぬまま別れることになったのには内心忸怩《じくじ》たる思いがある。

だが、問題はそれだけではなかった。

どちらかといえばワンマン経営で辣腕《らつわん》を振るっていた父が突然いなくなり、当然ながら社内の指揮系統はひどく混乱し、この二年はそれこそ息をつく暇もない日々だった。

ようやくなんとか立て直しができたと思った矢先、今度は叔父の反乱だ。

先方もかなりの自社株を所有しているので、厄介《やっかい》なことこの上ない相手なのである。

幼い頃から身体は丈夫だったレオだが、その凄まじいストレスで度々胃潰瘍《いかいよう》を起こすようになり、薬が手放せなくなってしまった。

唯一、よかったと思えるのは、離れ離れになった後も常々自分のことを気にかけてくれていた従弟《いとこ》の泰隆がルーヴァンヌ日本進出を知り、フリーのデザイナーとしてコレクションに参加してくれたことだ。

無事デザイン専門学校を卒業した泰隆は、日本でそれなりに名の知られた新進気鋭のデザイナーになっていて、気心の知れた彼がそばにいるだけで、随分と心強かった。

一応、レオの日本での滞在期間は三ヶ月となっているが、いつまた叔父の差し金でこちらに足止めを食らうかわからない。

——とにかく、一刻も早く日本支店の立ち上げを終わらせて、パリへ戻らなければ……。

焦りだけが募り、レオは思うように動かない身体を疎ましく思う。

そうだ、今自分は恋などしている暇はない。

『彼女』に嫌われて、フラれて、結果的にはこれでよかったのだ。

そう己に言い聞かせるが、彼女の面影が脳裏から消えることはなかった。

——だが、まだ希望くんの顔を見るのは少しつらいな……。

彼女によく似た面差しを見ると、やはり胸が痛む。

とはいえ、仕事外なのにわざわざポトフを配達してくれた彼には感謝していた。

あれは果たして本当に一目惚れだったのだろうかと、レオは熱に浮かされた頭で彼女との出会いを反芻《はんすう》する。

壇上から初めて彼女を見た時、まるで心臓を目に見えない矢に貫かれたような衝撃が走った。

ニーナとのこと以来、恋愛を遠ざけ仕事に没頭して生きてきたはずなのに、なぜか彼女から目が離せなかったのだ。

当初、それは彼女が未発表の自社ブランドドレスを着ていたことへの驚愕だと思っていたが、後藤が彼女を帰してしまってからも会いたくてたまらない気持ちを抑えることはできなかった。

結果、あれこれ理由をつけて会いに行くという、男としてなんとも無様な手段に出てしまったのだ。

激情に駆られての失態で、完膚なきまでに嫌われてしまったのは己の不徳の致すところだが、恋愛に発展せずにすんでほっとしたのもまた事実だった。

そう、自分はもう一度誰かを愛することを恐れている。

いや、愛して、また相手に裏切られることをひどく恐れているのだ。

もう、すべて忘れて仕事だけに打ち込み、一日でも早くパリへ帰ろう。

そうして彼は、『シンデレラ』への想いを永遠に胸の底に沈め、目を閉じた。

◇　◇　◇

しばらくして希望がそっと寝室の様子をうかがうと、薬が効いているのかレオは眠っていた。

熱のせいか少し汗をかいていたので、起こさないようにそっとタオルでそれを拭いてやる。

――よかった、落ち着いてるみたいだ。

このまま熱が下がってくれればいいのだが。

そろそろ帰ろうかと腰を浮かしかけた、その時。

「……ぅ……」

夢を見ているのか、ふいにレオがうなされ始めた。

「……シンデ……レラ……」

彼の唇が、かすかにそう呟くと、どくん、と鼓動が跳ね上がった。

もしかしたら、彼は自分の夢を見ているのだろうか……？

思わず固唾《かたず》を呑んで見守っていると、再び呟きが漏れる。

「私は誰とも、結婚しない……」

夢の中でまで、そんな主張をする彼が、なんだか悲しくなってくる。

まだ若いのに、かたくなに恋愛や結婚から目を背けているその姿が、不憫《ふびん》でならなかった。

この人の過去に、いったいどんな心の傷があったのだろう……？

その名の通り、百獣の王のように君臨し、すべてを得ながら心の奥底に深い孤独を抱えた彼のことが、なぜか気になる。

それは多分、お互い一人ぼっちだからなのかもしれない。

――なんて、この人と俺じゃ、置かれた立場がぜんぜん違うけどね。

けれど今、弱って苦しんでいる彼を見守っているのは自分だけなのだ。

そう思うと、やはり放っては帰れなかった。

夢うつつなのか、ベッドの上のレオの右手がなにかを探すように空を切る。

希望は反射的にその手を両手で受け止めていた。

彼がこの手を『シンデレラ』だと錯覚し、心安らかに眠れればそれでいい。

慈愛に満ちた眼差しで、希望は眠るレオをじっと見つめていた。

それから、どれくらい経ったのだろう。

ふと意識が覚醒した時には、カーテンの隙間から朝日が漏れていた。

「ん……」

まだ寝ぼけ眼のまま顔を上げると、希望は床に座り込み、ベッドの隅にうつ伏せに寄りかかるようにして眠ってしまっていたようだった。

だんだん目が醒めてきて、いけない、と慌てて立ち上がろうとした時、まだ自分の左手が彼の手と繋いだままだったことに気付く。

さらに最悪だったことには、ベッドの上のレオが手を繋いだまま、困惑した表情で自分を見上げていた。

一瞬で顔に血が上り、希望は急いで手を放す。

「お、おはようございます。やだな、起きてたなら起こしてくれればいいじゃないですか」

「……いや、すまん」

「はは、帰るつもりだったのに、うっかり寝込んじゃいました」

話を逸《そ》らすために、失礼しますと断ってから、希望は彼の額に右手を当てて熱を測ってみた。

するとなぜか、レオがびくりと反応したが、希望はそれより熱が下がったことの方が嬉しくて気が付かなかった。

「よかった、微熱になりましたね。でも体力消耗してますから、大事を取って今日一日休まれた方がいいと思いますよ」

なんだか恥ずかしくて、彼の顔が正視できず、希望は俯き、「ポトフの残りを温めますか？」と小声で尋ねた。

「……いや、今はいい」

「そうですか。それじゃ、俺はこれで。お大事に」

そう挨拶し、そそくさと寝室を出ていこうとすると。

「……待て」

そう呼び止め、レオが枕元に置いてあった財布を取り、中から数万を無造作に取り出して希望に差し出した。

「世話になった礼だ。受け取れ」

「それじゃ、ポトフの代金千二百円だけいただきます」

と、希望はきっちりお釣りをまとめ、彼に返す。

「これでは、きみの労働に対する報酬が入ってない」

「俺が勝手にしたことですから」

「それは困る。私は他人に借りを作るのが嫌いなんだ」

いかにも彼らしい言い草に、希望はつい笑ってしまった。

「それじゃ、また店にポトフを食べにいらしてください。その時まで貸しにしておきますから」

「おい……！」

「失礼します、お大事に」

レオが納得していないのを無視して、希望はさっさとスイートルームを出てしまった。

もとより、彼から金銭を受け取る気はなかった。

ホテルを出ると、徹夜明けの目に朝日がひどく染みる。

今日も仕事なので、一旦自宅に戻って着替えてからすぐ店に出勤しなければ。

――あ～あ、帰ったら姉さん達にまたいびられるな……。

昨晩の無断外泊を餌に、また当分は無理難題を突きつけられることだろうとわかっていたが、なぜか気分は晴れやかだった。

小さくあくびをし、希望は寝不足の目を擦りながら地下鉄に向かって歩き出した。


数日後、後藤からもお礼の電話があった。

『うふふ、希望くんの看病がものすご～く効いたみたいよ。すっかり元気になって、バリバリ仕事してるわ』

「そうですか、よかった」

彼は憎まれ口を叩いているようでないと、見ていてこちらも調子が出ない。

『ほんとにありがとう。今度なにかお礼させて』

「いえ、お食事に寄ってくださるだけで充分ですから。またいらしてくださいね」

そう言って通話を切る。

電話する間、少しだけ店の裏口から外へ出ていたのだが。

「希望くん、ちょっと大変だよ！」

珍しく持田が大きな声を出して慌てているので、希望は急いで裏口から脇道を通り、声が聞こえてきた店の正面へと向かった。

するとなぜか店の前には大型トラックが停まっていて、そのスタッフらしき男性達が店内から業務用ガスコンロを運び出しているところだった。

「ど、どうしたんですか？　これ。なんでうちのコンロ持っていくんですか？」

店のコンロをいったいどうする気なのか。

最近故障が多いものの、これがなければ店を開けられない、と希望の心配はそちらに向いていたのだが、持田はそうじゃない、というように首を横に振った。

「突然、業者の人が来て……」

と、困惑げな持田が店内を指差す。

それを見て、希望はさらに驚いた。

店内では、他のスタッフ達が新品の大型ガスコンロの設置作業をてきぱきと進めていたのだ。

二人が呆気にとられているうちに作業が終了したのか、彼らは最後に伝票を持田に差し出した。

「毎度ありがとうございます。ここに受領のサインをお願いします」

「あの……なにかの間違いではないんですか？　うちでは頼んでないんですが」

困惑しながら告げると、スタッフは伝票の住所を確認し、言った。

「確かにこちらの『キッチン一条』さまにとのことです。お代はすべていただいておりますので」

「……誰からですか？」

「レオ・ド・ルーヴァンヌさまからです」

「え……⁉」

その名に驚いているうちに、業者はさっさと引き揚げていってしまった。

設置されたコンロをじっくり検分し、持田が呟く。

「これ、最新式のだ。多分八十万くらいはするよ……」

「は、八十万ですか⁉」

途方もない金額に、希望は頭を抱える。

「レオさんって、最近ときどき店に来てくれる、あのすごくかっこいい外国人さんだよね？　どうしてあの人が？」

「と、とにかくレオさんに連絡してみます」

そう言い置き、携帯電話を手に再度裏口へ出る。

彼の名刺に書かれていた携帯番号に電話すると、数回のコールで応答があった。

「もしもし、あの……俺、一条希望ですけど」

『なんだ、今忙しい』

電話の向こうの彼は、いつものごとく無愛想だ。

「すみません、すぐすませます。さっき業者の方が来て……あのコンロ、なんなんですか？」

『言ったはずだ。私は借りを作るのが嫌いだとな。きみが素直に礼を受け取らないからだ』

と、どこかその口調が勝ち誇っていたので、まるで子供だなとおかしくなった。

が、今は笑っている場合ではない。

「こ、困ります……こういうの」

『なぜだ？　新しいものが欲しいと話していただろう。くれるというものはもらっておけばいい』

どうやら先日の、店での持田との会話をちゃんと聞いていたらしい。

「そりゃ欲しかったですけど……あなたからこんな高価なものをいただくようなこと、してませんから。もらう謂《いわ》れがありません」

するとレオが、これ見よがしに鼻を鳴らした。

『きみの主義主張など聞いていない。料理は火力が命だ。客に出す料理は最高の状態で調理すべきだ。違うか？』

「……違い、ませんけど」

なんだか屁理屈をこねられているなぁ、と思いつつ聞いていると。

『私は最高の状態で、きみの店のポトフが食べたい。だから素直にそれは受け取って、せいぜい料理の腕でも磨いておけ。まったく、つまらんことで電話してくるな』

「あ……ちょっと⁉」

あっさり電話を切られてしまい、希望は絶句する。

「まったくあの人ときたら……ちゃんとお礼も言わせてくれないんだから」

内心呆れながら電話をしまうが、そういうところを彼らしいなと思ってしまう。

あの無愛想さは、彼流の照れ隠しなのだろう、とすぐにわかるから。


マニュアルを熟読し、使い始めた最新式のコンロの使い勝手はすこぶる良かった。

「やっぱり火力が強いといいねぇ」

と、持田もご機嫌だ。

彼に、早く直接会ってお礼が言いたい。

そう思いながらひたすら彼の来訪を待ったが、こういう時に限ってなかなかレオは店に顔を出さなかった。

結局、彼がいつものように閉店間際にふらりと顔を見せたのは、電話をしてから一週間後のことだった。

「いらっしゃいませ、お礼が言いたくてずっとお待ちしてたんですよ」

つい満面の笑みでそう出迎えると、レオはひどく面映《おもは》ゆそうな表情になった。

「なんの話だ。憶えてないな」

「またそんなこと言って。コンロ、本当にありがとうございました。すごく使い勝手が良くて、最高です」

「……そうか」

僅《わず》かに迷った末、レオが続けて口を開く。

「私も……きみのお節介に助けられた。一応礼を言っておく」

「どういたしまして」

彼らしい、ひねくれた礼の言い方に、希望はまた笑ってしまう。

「さぁさぁ、特別サービスですよ。たくさん召し上がってください」

そう言いながら、持田は大盛りにしたポトフをテーブルに運んできた。

店で一番いいワインも、グラスに注いでいる。

彼からの、お礼のつもりなのだろう。

「ありがたくいただきます」

律儀に礼を言い、レオは大盛りポトフを食べ始めた。

「希望くん、私は先に失礼するから、ゆっくりしていってもらって。戸締まりよろしくね」

「はい、お疲れさまでした」

レオが希望に会いに来ていることは、もうとっくに承知している持田は、気を利かせたつもりなのかそう言い置き、先に帰宅していった。

店頭の看板を消し、準備中の札を下げると、店内の客はレオだけになった。

「そうだ、レオさんにお返しがあるんです」

「お返し？」

希望は店のカウンターにとって返し、この数日ちまちまと作っていたお手製チケットの束を差し出した。

レオが不審げにそれを受け取り、広げて眺める。

「……ポトフ無料チケット？」

「はい、それ一枚で一回ポトフが食べられるんです。期限は無期限。とりあえず、百枚。あ、広告の裏紙使ってますけど、気にしないでくださいね。ちゃんと使えますから」

ちらしの裏を使い、ボールペンで一枚一枚律儀に手書きで作られたチケット百枚の束を手に、レオが噴き出す。

「な、なんです？」

「いや、いかにもきみらしいと思ってな。気持ちはありがたいが、こんなに使いきる暇がない。私が日本に滞在するのは、三ヶ月程度だから」

「あ、そっか……そうですよね」

言われて初めて、彼が期間限定で日本を訪れていたことを思い出す。

せっかく、コンロのお返しが少しでもできると思ったのに。

「だが、一応受け取っておこう」

なんとなくしゅんとしてしまった希望に気を遣ったのか、レオはチケットを一枚取ってテーブルに置き、残りをスーツの内ポケットにしまった。

「はい……！　俺、レジ締めたりしてますけど、ゆっくり召し上がってくださいね」

希望がてきぱきと後片付けをこなしている間、レオはしみじみと店内を見回している。

「とても、居心地のいい店だ。ここはきみの両親の店なのか？」

「はい、もう二人とも亡くなってしまったんですけど。今は義理の母が経営してます」

「そうなのか、一度も見かけたことがないが」

「義母は……他のチェーン店の管理に忙しくて、ここへは集金にしか来ませんから」

なんとなく話の流れで、希望は拭き掃除をしながら、父の遺したチェーン店レストランがいくつかある中、この一号店が自分にとって特別なものだということを説明した。

「なるほど。きみは父親が大切にしていたこの店を守りたいのだな」

「はい。まだ専門学校にも行かれなくて、見習いもいいとこなんですけど」

早く一人前の調理師になりたい。

そんな思いはあれど、このまま店で下働きだけ続けていていいのだろうかという不安もある。

高校を卒業し、忙しく毎日に追われるうちにいつの間にか二十歳を迎えようとしている希望は、少しだけ人生に焦りを感じていた。

「調理師を目指しているのに学校に行っていないのは、なぜだ？」

「それは……」

義母が学費を出してくれないからだ、とは、さすがに言いづらくて言葉を濁す。

だが、頭のいいレオはそれだけで理由を察したようだった。

「自分の娘達にはブランド三昧させておいて、なさぬ仲のきみに出してやる学費はないということか。露骨にわかりやすい義母だな。どう見ても居心地のよさそうな家ではないようだが、なぜ家を出て自立しない？」

かなり立ち入ったことを聞かれているとは思ったが、不思議とレオを無作法だと非難する気持ちは湧かなかった。

彼の指摘はいちいちもっともで、今まで努めて自分が目を背け続けてきた膿を暴かれたような思いだった。

「それは……お、お給料をもらっていないので、独り立ちする資金もないからです」

この返事には、さすがにレオも驚いた様子だった。

「なんだと？　朝から晩まで働いて、まともな給料ももらってないのか」

「お小遣い程度のお金と、携帯料金だけは払ってくれてます……」

「ふざけるな。羊だって意に染まぬことがあれば反乱を起こす。なぜ正当な報酬をよこせと交渉しないんだ」

「……言えません。父が亡くなった後も、あの家に置いてもらっているので」

なぜこんな話を彼にしてしまったのか、いくら考えてもわからなかった。

だが心のどこかで、誰かに聞いてほしいとずっと望んでいたからかもしれないとも思った。

――ただのお客さんにこんなこと打ち明けて……きっとレオさん呆れてるよね。

言ってしまってから、たとえようのない羞恥が希望を襲う。

エプロンの裾を摑み、俯いていると、レオが静かに言った。

「自分が我慢すれば、なにもかもうまくいくとでも思っているのか？」

その言葉が、ぐさりと胸に突き刺さる。

今までよかれと思ってしてきたことは、ただの自己満足だったのか。

「それはただの偽善だ。きみはきみの人生を歩むべきだ。違うか？」

「……」

違わない。

彼の言う通りだと、希望は唇を噛んだ。

「……すみません」

「私に謝ってどうする。きみは、無駄にした今までの時間を、きみ自身に謝るべきだ」

その言葉に、はっとした。

自分を犠牲にすることに慣れすぎてしまって、そんなこと考えもしなかったから。

二人きりの店内には、気まずい沈黙が支配する。

すると言いすぎたと思ったのか、レオが椅子を立った。

「……余計な口出しがすぎたようだ。失礼する。遅くまで店を開けさせてすまなかった」

「……いえ」

咄嗟に言葉が出ず、彼を店の入り口まで見送ってから、希望はようやくその背中に声をかける。

「レオさん」

「ん？」

すっかり暗くなった街灯の下で、彼が振り返る。

「あの……またちゃんと、使いに来てください。チケット」

でないと、恩返しができませんから、と続ける。

なぜだろう、これで気まずくなって彼がもう店に来なくなるのが怖かった。

すると彼も「わかった」と言って、足早に大通りへと向かって去っていったのでほっとする。

それから手早く後片付けをし、閉店後の掃除をしながらも、希望の頭にはさきほどのレオの言葉が残っていた。

――痛いとこ衝かれちゃったな……。

義母や異母姉達との衝突や揉め事を恐れ、今まで呑み込んできた思いをすべて見透かされてしまったような気がして、ひどく恥ずかしい。

けれど、不思議と腹は立たなかった。

今まで持田以外に誰も、ここまで踏み込んだ忠告をしてくれたことはなかった。

彼自身にとっては、なんの関係もないし、助言などしてもなんの得にもならないことなのに。

彼が、自分のためを思って苦言を呈してくれたことは理解していたので、心の中でそっと感謝する。

店を閉めて自宅へ戻ると、いつものように姉達に夕飯を急かされ、後片付けをしながら洗濯機を回し、一通りの家事を終える。

最後にシャワーを浴びて二階にある自室に戻ったのは、もう深夜一時を回っていた。

今日も、一日無事に終わった。

ようやく一息つくと、希望は机の引き出しを開けて貯金通帳を取り出す。

数万しかもらえない小遣いの中から、それでも細々と貯めた金は三十万近くになっていた。

――でもこれっぽっちじゃ、アパートの敷金礼金払ったら終わりだよな……。

もっと節約して、軍資金を貯めなければ。

とにかくそれが自立への第一歩だ、と希望は決意をあらたにしていた。


せめて、もう少しだけでいいから正当な報酬を支払ってもらえないだろうか。

さんざん考えた末、希望はついに義母に直接交渉する決意を固めた。

むろんすんなり聞いてもらえるとは思っていないし、気に入らないことがあるといつものヒステリーを起こされるだろうが、だからといってこのまま衝突を避けていては話は進まない。

罵られても、主張だけはちゃんとしよう、と希望は思った。

その晩は店を閉めると自転車を飛ばして家路を急ぎ、玄関を開ける。

靴を見ると、珍しく義母のハイヒールがあるので帰宅しているのがわかった。

姉達はまだのようだ。

だがハイヒールの隣に、男性物の革靴が並んでいるのを見て、希望は僅かに眉をひそめた。

――岸谷さん、また来てるんだ……。

彼がいるなら込み入った話はできないな、と落胆しながら、希望はスリッパに履き替えて一応挨拶するために二人の話し声が聞こえてくるリビングへ向かった。

リビングへのドアが開けっぱなしで、すでに酒を飲んでいるらしい二人の声は大きく、廊下にいてもよく聞こえてくる。

「なぁ、例の話なんだけど」

「例の話って？」

「決まってるだろ、キッチン一条のことだよ」

予想もしていなかったところで岸谷に店の名前を出され、希望は思わず立ち止まる。

二人に気付かれないようにそっと室内を覗くと、ソファーに並んで座った二人はワイングラスを手に寄り添っていた。

「こないだ、言ってたじゃないか。あの店潰して次どうしようって。あそこ、地価高いんだし、小さいマンションでも建てればいいんだよ。家賃収入のが絶対儲かるって」

「そうねぇ……」

「叔父貴が不動産屋やってるんだよ。悪いようにはしないからさ、一度会ってみてよ」

「ふふ、やけに熱心ね。じゃあ気持ちは固まったの？」

意味ありげな視線を送る義母に、岸谷は熱っぽい視線を返す。

「当たり前じゃないか。俺は麻利子のためなら、なんだってするよ」

岸谷に口説かれ、義母はまんざらでもない様子だ。

——そんな……あの店を潰すなんて……！

もはやいてもたってもいられず、希望は思わずリビングに駆け込んでしまった。

「お願いです、どうかあの店は売らないでください！」

突然現れた彼に岸谷は驚いた様子だったが、義母は露骨に眉をひそめる。

「立ち聞きするなんて行儀の悪い子ね。でもそれは、あなたの意志なんか関係ないのよ。会社関連は、お父さまはすべてこの私にお任せになって亡くなったんですからね。私が売るといえば売る、それまでのことよ」

「そんな……」

それなら、今までなんのために自分は頑張ってきたのか。

希望は、目の前が絶望で真っ暗になる思いだった。

「ま、まぁまぁ、希望くん。お父さんの思い出の店を残したい気持ちはわからなくもないけどね、今はもうそういう時代じゃないんじゃないかな」

岸谷の、上っ面だけの慰め文句も耳には入らない。

「あなたは、他のチェーン店で働けばいいわ。私が手配して……」

「……嫌です」

希望は拳を握り締め、かろうじてそう答えた。

「……なんですって？」

「……あの店は、あの店だけは誰にも渡しません……！」

この二年、ずっと堪えてきた感情が一気に溢れ出す。

自分はいくらこき使われても、たとえ薄給でもかまわない。

あの店を守ることだけが、希望の生きる支えだったのだ。

平素は大人しい希望の、初めての反抗に、義母は眉を吊り上げた。

「母親の私に逆らおうっていうの？　温情でここに住まわせてやったのに、大した恩返しね！」

「……今まで面倒見てくださったことには感謝しています。でもこれだけは譲れません」

毅然とした態度で、希望はそう告げる。

「これから俺は、あの店で寝泊まりします。どんな業者を連れてきても、あの店から出ませんから。失礼します」

一礼し、さっさとリビングを後にする。

「ちょっと！　待ちなさい、希望！」

背中を義母の金切り声が追ってきたが、無視して階段を駆け上がった。

自分に、あんな啖呵《たんか》が切れるとは思ってもいなくて、今でもまだ小刻みに手が震えている。

自室に駆け込むと、希望はクローゼットにしまっておいたキャンプ用の寝袋を取り出した。

昔、父とよくキャンプしていた時に使っていたものだ。

これさえあれば、なんとかなるだろう。

それを背負い、当座の着替えや身の回りの品をバッグに放り込み、最後に通帳と両親の位牌をそっと入れる。

本当に必要なものは驚くほど少なくて、呆気ないほどだった。

荷物を手に、最後に希望は自分の部屋をぐるりと見渡した。

――さよなら。

父と母と暮らした、思い出の残る屋敷に、心の中でそう別れを告げる。

「ちょっとぉ、希望まだ帰ってこないの？　洗濯物溜まってるのにぃ」

階段を駆け下りる際、かすかに夏海の声が聞こえてきたが、希望はそのまま靴を履き、背中で玄関のドアを閉じた。

◆　◆　◆

一方、その頃レオは己の愚行を思い返す度に、マリアナ海溝よりも深く落ち込んでいた。

その日もお偉方相手の接待をこなし、疲れた身体を引きずってホテルの部屋に戻ると、ちゃっかり上がり込んでいた泰隆が冷蔵庫のシャンパンを飲みながら大型テレビで映画を観ていた。

「あ、お帰り〜」

「……おい、他人の部屋で寛《くつろ》ぐな」

「私もちょっと前に来たとこ。プレオープンが終わったとはいえ、ソーゼツな忙しさだったわぁ」

ここんとこ顔見てなかったから、寄ってあげたのよ、と泰隆が笑う。

彼が、まだ病みあがりの自分の体調を案じて様子を見に来ているのがわかるので、レオは憮然とした表情でスーツの上着を脱ぎ捨て、ネクタイを緩めた。

飲まないとやっていられない気分だったので、冷蔵庫の缶ビールを開け、立ったまま一息に飲み干す。

「ちょっとぉ、荒れてるわねぇ」

「くそ面白くもないじじいさん連中の自慢話をさんざん聞かされて、腹に溜まらない懐石料理を食ってきたんだ。ストレスも溜まる」

さらに二本取り出し、レオは一本を泰隆に向かって放り投げた。

「いいから飲め。付き合え！」

「わ〜機嫌悪いわねぇ、なにかあったの？　ひょっとしてシンデレラ関連？」

「…………」

泰隆には知られたくなかったが、十歳まで共に寝起きして育った仲だ。

彼に隠し事などできるはずもなかった。

「はいはい、泰隆くんに洗いざらい話してごらん？　すっきりするから♡」

「……ムカつくな、おまえ」

レオの扱いを心得ている泰隆に宥《なだ》めすかされ、結局先日の一件を白状させられてしまう。

「……せっかくあの子が身の上を打ち明けてくれたのに、私ときたらしたり顔で延々と説教をしてしまったんだ……！　ああ、もう最悪だ……！」

なんて鬱陶《うっとう》しい客なんだ、と今頃呆れられているに違いない。

そう考えると、レオはこのまま地面に穴を掘り、ブラジルまで突き抜けてしまいたいほどだった。

「ふぅん、そんなことがあったんだ」

と、一通り聞き終わった泰隆は意味深な視線を送ってくる。

「レオってば、希望くんのこと随分気にしてるのね」

「……そんなんじゃない。私は他人に借りを作るのが嫌いなだけだ」

いざとなると、この気持ちをうまく説明できないもどかしさに、レオは苛立《いらだ》つ。

「私は……ただ、あの子が自分を大事にしなさすぎるのにイライラするんだ！　お人好しで、他人の心配ばかりして、自分は損をしてばかりの人生で……なのにいつも笑ってるのが……」

つらい。

最後の言葉を、レオは呑み込んだ。

そう、彼を見ていると、昔の自分を思い出してしまう。

育ててくれた祖父母のため、後継者を欲しがる父のため、自分の道を選択するしかなかった、幼い日の自分。

本当は、なにになりたかったのか、どんな職業に就きたかったのかすらもう思い出せない。

そんな過去の傷が疼《うず》いて、たまらない気分になってしまうのだ。

彼と自分とは、なんの関わりもないはずなのに。

なぜ、知り合ったばかりの赤の他人のことが、こんなにも気になるのか。

あの子が『シンデレラ』に似ているからなのだろうか？

「あの子、いい子よね。いい子すぎて……なんだか不憫になっちゃう」

だが、何度も希望に会っている泰隆にも、そのニュアンスは伝わったようだ。

「で？　レオが今想ってるのは『シンデレラ』？　それとも希望くん？」

泰隆の問いは、ぐさりとレオの胸に突き刺さる。

「……私はもう、恋などしない」

そう、この感情は恋なんかじゃない……はずだ。

「ふぅん、じゃああの店にはもう行かないの？」

「……行かない。もう行く用事も義理もないしな」

そう言いながらも、レオの脳裏には希望がくれた手作りチケットがよぎる。

丁寧に手書きで作ってくれたあれを使わないと、律儀な彼はきっと悲しむだろう。

だがこれ以上距離が近付いてしまえば、もう取り返しがつかなくなるような気がした。

――私はいったい、どうなってしまったというんだ……？

恋愛を遠ざけてきた今までの無理が祟《たた》り、いきなり恋愛脳になってしまったのだろうか？

しかも、面差しのよく似た男の子と女の子に同時に惹かれてしまうなんて。

今までの経験からいっても、ありえないことだった。

――『シンデレラ』にフラれたから、顔が似てる希望くんのことが気になるだけだ……そうに違いない。

無理やり自分にそう言い聞かせ、納得するふりをする。

と、その時、テーブルの上に置いていたスマートフォンが鳴り出す。

てっきり仕事の電話だと思い、なにげなく手に取ると、相手が希望からだったのでレオは思わずソファーから立ち上がってしまった。

まさに、噂をすれば影、だ。

「なに？　誰から？」

「うるさい！　静かにしろ」

泰隆を一喝し、レオは電話に出た。

『あの……夜分すみません、一条希望です』

「どうした⁉　なにかあったのか⁉」

と、レオの剣幕に電話の向こうで希望は戸惑っているのがわかり、慌てて咳払いをしてごまかし、ソファーに座り直す。

「いや、その……コンロの不具合があったのかと……」

『コンロは順調です。すごく使い勝手がいいって持田シェフも喜んでます。本当にありがとうございました』

「それはもういい。なにか用事があったんじゃないのか？」

『はい、あの……これもお礼になっちゃうんですけど』

と、なぜか希望は少し言いにくそうに続けた。

『俺、家を出たんです。それで、レオさんにお礼が言いたくて』

「なんだと⁉」

それを聞き、レオは再度ソファーから立ち上がってしまった。

「な、なぜ私に礼を言う必要がある？」

まさか自分の説教を真に受けて、希望がこんなに早く実行に移すとは思いもしなかったレオは、今までこれほど慌てたことはないというくらいに狼狽する。

『ずっと……自分の中でも迷ってて。レオさんにああ言ってもらって、背中を押してもらえたっていうか。とにかく俺の中でふんぎりがついたんです。ありがとうございました。それだけなんですけど、夜分にすみませんでした』

失礼します、とそのまま希望が電話を切ろうとするので、レオは慌てて食い下がる。

「待て！　行くあてはあるのか？」

『当分は店に寝泊まりしようかと思ってます。義母が店を売ってしまいそうで、目が離せないので』

「……そうか」

咄嗟に、レオは思考をフル回転させる。

行くあてがないのなら、自分のところへ来ればいい。

そう申し出たら、彼はいったいどんな反応をするだろうか……？

――いや待て……親戚でも恋人でもない赤の他人がそんなことを申し出ても、きっと引かれるに決まってる。

男の子相手に下心があるなどと思われてしまったら、軽く死ねる……！

激しく懊悩しているうちに、『おやすみなさい』と希望が言い、今度こそ電話が切れる。

スマートフォンを手にしたまま、レオは茫然と立ち尽くしていた。

「希望くんからなんでしょ？　なんだって？」

「……家出したらしい。しばらくあの店に寝泊まりすると」

「まぁ！　ついに、あの意地悪な継母《ままはは》達が支配する悪魔の館から脱出を果たしたのね！　それじゃ、レオの説教に感銘を受けたって証拠じゃないの。よかったわね」

泰隆は喜んでいるが、レオはそれどころではない。

「しかし……店で寝泊まりするなんて、無茶だろう。身体を壊したらどうする」

と、もう心配で心配でたまらない。

冬に差しかかる時期だというのに、厨房の片隅に震えながら蹲《うずくま》って眠る希望の姿を想像するだけで、矢も楯もたまらない気分になった。

「バカね。痩せ我慢してないで、ここに泊めてあげればいいじゃないの。部屋は余ってるんだし」

泰隆にさらりと言われ、レオは目を剝いた。

「……痩せ我慢とはなんだ！　そもそも、なぜ無関係の私があの子を泊めてやらなければならないんだ？」

そう自分に言い聞かせるように吠えると、泰隆がわざとらしくため息をついてみせた。

「何年の付き合いだと思ってるの？　あんたの気持ちなんかお見通しよ。希望くんのことが気になるんでしょ？　シンデレラが脈なしだから似てるあの子を薦めるわけじゃないけど、せめて様子を見に行ってあげなさいよ」

すっかり見抜かれ、レオはかっとする。

「……うるさい！　私は関係ない！　もう、絶対にあの店に行ったりしないからな⁉」

照れ隠しに思わず心とは裏腹な啖呵を切るが、泰隆は負けずに立ち上がり、レオの胸板に人差し指を突きつけてきた。

「ううん、あんたは行くべきよ！　いいえ、恋をするべきよ！」

そして腰に両手を当て、なぜか偉そうにそう断言する。

――恋……？　この私が、か……？

こうしてはっきり単語をぶつけられると、衝撃は予想以上だった。

そう、やはり自分はまだ往生際悪く足掻《あが》いて、彼に惹かれている現実を認めたくはないのだ。

「……私には恋など、必要ない」

レオは苦々しげに、そう呟くしかなかった。

◇　◇　◇

希望が家出を決行して、五日。

さすがに隠し通すのは難しいと思ったので、希望は持田にだけは事情を説明し、普段休憩室として使っている小部屋での寝泊まりを許してほしいと頼み込んだ。

驚いた持田は自分の家に来るよう言ってくれたが、彼にも家族があるし、そんな迷惑はかけたくなかったので断った。

希望が店にいるのはわかっているので、義母達がなにか言ってくるかと思ったが、不思議なことに彼女達からはなんのリアクションもなかった。

ほっとすると同時に、少し寂しい気持ちにもなる。

所詮、自分はあの家で家事をする以外の存在意義はなかったのだと思い知らされた気がした。

それからの希望の生活は、今まで通り夜九時に店を閉めると持田が作っておいてくれた賄いで夕飯をすませ、近所にあるコインランドリーで洗濯をしている間に、同じく近くの銭湯かコインシャワーで入浴をすませるというパターンに落ち着きつつあった。

今夜も一通り用事をすませ、寝間着代わりのスウェットの上下に着替えた希望は、狭い小部屋で寝袋にくるまった。

休憩室には小さな電気ストーブしか暖房がないので、少し寒いのだ。

そうして、希望は菓子の入っていた銀色の空き缶を大切に抱え、蓋を開けた。

中には色褪せたノートが何冊も入っている。

パラパラとページをめくると、懐かしい父の直筆が躍っていた。

几帳面な字でびっしりと書き込まれているのは、父が遺してくれた料理のレシピだ。

まだまだ修業中の希望にとってはまさに宝の山で、両親の指輪と同じくらい、大事な大事な宝物だった。

ひとしきりノートを読み込み、勉強した後再び缶の中に大切にしまい込む。

それから部屋の電気を消し、希望は寝袋の中で丸まった。

部屋探しも、今のところ成果なしだ。

仕事を終えてから何軒か不動産屋を回ってみたものの、安い部屋を探す以前に、希望がまだ十九歳だとわかるとどこも保護者の同意が必要だと門前払いだった。

――失敗したな……二十歳になるまで待てばよかった。

今さら気付いても、あとのまつりだ。

誕生日まで、あと一月あまり。

それまではやはり、店で寝起きするしかないと覚悟を決めた。

明日も早いので、もう眠ろうと目を瞑《つぶ》っても、睡魔はなかなか訪れない。

――レオさん、あれから来てくれないなぁ……。

時間が空くとふと考えてしまうのは、彼のことだ。

あの時、なぜ電話などしてしまったのだろう。

自分の決意表明をしたかったからか、あの人に『よくやった』と褒めてもらいたかったからなのだろうか。

それとも……彼にまた来てほしかったから……？

そこまで考え、希望は一人赤面した。

――な、なに今の……？　なんで俺、あの人に会いたいとか思ってるのかな？

こんな気持ちになってしまうのは、そう……きっとまだ一人きりの生活に慣れていないせいだ。

そう自分に言い聞かせる。

――そりゃあ確かにすごくかっこいいけど、第一印象最悪だし、突然キスとかするし、偉そうだし説教するし、いいとこなしだろ、あの人。

この気持ちを否定するために、わざと彼をけなしてみる。

――でも……ちゃんと男らしく謝ってくれたし、遊びとかじゃなかったみたいだし、コンロ贈ってくれたし、俺のためを思って忠告してくれたし。

けれど結局、否定を上回るいいところばかりを思いついてしまう結果になった。

体調を崩した際、普段は決して見せない弱った姿を見てしまったせいだろうか、どうにも彼のことが気にかかってしかたがないのだ。

もしも……もしも本当の女性だったなら、レオは自分を恋人にしただろうか……？

そこまで考え、希望は慌てて首を横に振った。

いったい、なにを考えているのだろう。

これではまるで……あの人に恋をしているみたいではないか。

仮に自分が女性だったとしても、彼とは住む世界が違うのだ。

世界的セレブと小さなレストランの下働きをしている自分が釣り合うはずもなく、うまくいくはずがない。

昔から奥手で、高校時代も女の子と付き合うこともなかった希望だが、今も仕事に追われ、生活するのに精一杯で、この先もきっと当分恋などとは無縁の日々を送るのだろうなと思う。

だが、それでかまわないと思ってしまっているのは、元々あまりそうしたことに興味が薄いせいなのかもしれない。

なのになぜ、彼のことばかり考えてしまうのだろうか。

その感情を、希望は誰かに甘えたい心の弱さだと判断し、己を叱咤《しった》した。

――もう誰にも頼れない。俺は一人なんだから、しっかりしなきゃ。

いや、今までも一人だったことに変わりはないのだが、いざこうして現実的に家を出ると、本物の孤独は骨身に染みた。

これから先に不安がないと言えば、嘘になる。

だが、この選択を後悔はしていなかった。

堂々巡りの思考を無理やり終わらせ、希望は浅い眠りへと落ちていった。

◆　◆　◆

希望から電話があって、一週間が過ぎた。

タイミングの悪いことに、レオの方も壮絶なスケジュールに追われ、とてもではないが店の営業時間に間に合うような時間には抜けられなかった。

『絶対会いに行きなさいよ！』と泰隆には何度も念を押されたが、そう言われると余計に行きづらくなる。

そんなこんなで、結局『キッチン一条』を再訪するまで一週間もかかってしまった。

運転手付きの社用車を使うように言われているが、仕事中はともかくプライベートでは行動を知られたくなくて、ここに来る時はいつも流しで捕まえるタクシーだ。

叔父に行動を監視されている可能性も否定できないので、レオは常に警戒を怠《おこた》らなかった。

タクシーを降り、腕時計で時刻を確認すると、すでに夜中の一時を回っていた。

『キッチン一条』は繁華街ではなく、住宅街に近い場所にあるので人通りはまったくない。

こんな時間に来たところで、希望に会えるわけもないのに、いったい自分はなにをやっているのだろうとレオは自嘲する。

当然ながら、店の灯りは消えていた。

深夜だけに、不審者と間違われないように警戒しながら、さりげなく店に近付くが入り口には
シャッターが下りているので当然中の様子はうかがえなかった。

だが、今この中で彼が眠っている。

それだけで、満足だった。

決して寝心地はよくないだろうが、その眠りが安らかなものであることをレオは祈った。

しばらく店の外観を見上げた後、レオは踵《きびす》を返し、再びタクシーを拾うために大通りへ出るため歩き出す。

と、その時。

無人だった道路に、先方からこちらへ向かって歩いてくる男の姿が見えた。

黒いジャンパーにキャップを目深に被った、まだ三十代くらいの若い男だ。

男はレオに気付くと顔を隠すようにキャップのツバを下ろし、肩からかけていたショルダーバッグを抱えるようにして足早に行ってしまった。

ちゃぷん、となにか水音のような音が聞こえ、レオは男を振り返る。

が、男は『キッチン一条』を通り過ぎ、そのまま歩いていったので、気のせいかと大通りへと向かった。

するとと運よくすぐにタクシーが通りかかったので、それに乗り、ホテルの名を告げる。

だが後部座席に背中を預けている最中も、なんとなく神経がピリピリと尖っていてひどく落ち着かない。

その違和感を、うまく説明できなかったが、さきほど擦れ違った男のことがなぜか頭から離れなかった。

あんな時間に目立たない服装をして歩いているのがいかにも怪しいし、なによりレオに気付いた時、男は明らかに挙動不審だった。

そして擦れ違った際、彼の身体から、嗅いだことのあるなにかが臭ったのだ。

あれはなんの臭いだったのか。

男性用香水と混じった、異質な臭い。

記憶を反芻し、レオはようやくそれが灯油の臭いだったことに気付く。

人目を避けるような恰好に、灯油の臭い。

あれは提げていた鞄の中に、灯油が入っていたということなのだろうか。

なぜだかとてつもなく嫌な予感が、背筋を走った。

「すまないが、戻ってくれ」

「は……？」

「早く！　今すぐだ！」

「わ、わかりました」

レオの剣幕に気圧され、運転手がUターンし、元来た道を戻る。

どうか、ただの思い過ごしであればいい。

レオはひたすら、タクシーの中でそう祈った。

すぐに引き返したが、『キッチン一条』前に戻るまでには、男と擦れ違ってから十五分ほどが経過していた。

運転手に一万円札を押しつけ、タクシーを降りるとレオは愕然とする。

なんと、目の前で店の裏口付近から盛大な煙が上がっていたのだ。

「希望……！」

中には希望がいるのだ。

レオは全身の血の気が一気に引いていくのを感じた。

慌てて駆け寄り、まだ火が回っていない正面のシャッターを持ち上げようとするが、当然ながら中から鍵がかかっている。

「希望！　起きろ！　火事だぞ！」

ガンガンとシャッターを叩き、大声で叫んだ。

だが、反応はない。

おそらく寝入ってしまっているのだろう。

すぐさまレオはスーツの上着を脱ぎ、右手にそれを巻きつけてから窓ガラスを叩き割った。
空いた隙間から手を差し込み、中から鍵を開けてようやく窓を開けることに成功する。
窓を開けると、すでに火の手が回り始めた店内のむっとするような熱気が吹きつけてきたが、
レオはためらうことなく窓から店内へと入っていった。

◇　◇　◇

『希望……希望……！』

誰かが、自分の名を呼んでいる。

寝袋にくるまり、仕事の疲れから深い眠りに落ちていた希望は、覚醒しかけた意識の中でぼんやりと瞳を開く。

――レオ、さん……？

その声に聞き覚えがあり、反射的にそう考えるが、即座に否定する。

まさか、こんな夜中に彼が店にいるはずがない。

これは、きっと夢なのだろう。

――まずいな……俺、夢に見るほどあの人のこと考えてるわけ？

その現実を認めたくなくて、無理やり目を閉じる。

再びうとうとしかけ、希望は鼻をつく焦げくさい臭いにようやく気付いた。

慌てて跳ね起き、寝袋を脱いで休憩室のドアを開けて店へ出ると……。

「あぁ……っ！」

希望は目の前の光景に、思わず悲鳴を上げていた。

店の裏口付近がすでに炎に包まれ、凄まじい熱風が押し寄せてくる。

逆巻く紅蓮の炎は、今にも希望に襲いかかりそうだった。

必死で守ってきた大切な店が、目の前で燃えている。

いったいなぜ、こんなことになってしまったのか。

すぐには現実を受け入れられず、希望は茫然と立ち尽くすしかなかった。

が、ようやく我に返ると、まず控室に飛び込んで両親の位牌をポケットに押し込む。

――そうだ、父さんのレシピが……！

いつもは休憩室に置いてあるのだが、今日に限って遅くまで厨房で練習をしていたので、缶ごとカウンターの下に置いたままだったのだ。

が、厨房はすでに燃え盛っていて、とても近付けそうにない。

一瞬迷ったが、希望は厨房に飛び込もうとした。

と、その時、強い力に腕を摑まれ、引き戻される。

「バカ！　なにをしてるんだ！　早く逃げろ！」

自分の腕を摑み、怒鳴ったのは、なんとレオだった。

「レオ……さん……？」

さっき聞いた声は、やはり夢ではなかったのか。

しかしなぜ彼がここにいるのか理解できず、希望はすぐには反応できなかった。

「しっかりしろ！」

強く揺さぶられ、ようやく我に返る。

「火……火を消さなきゃ……」

確か休憩室に消火器があるはずだ。

取りに戻ろうとする希望を、再びレオが止めた。

「裏口からかなり火の手が回ってる。もう消火は諦めろ。正面から逃げるぞ」

「でも、父さんのレシピが入った缶箱が厨房に……っ！」

自分の命より大切なのだ、と希望の瞳が訴えているのを察したのだろう。

レオが無言で周囲を見回し、手近にあったミネラルウオーターのガロンタンクを開け、それを勢いよく頭から被った。

そして、手にしていた自分の上着を希望の頭に被せ、水で湿らせたハンカチを希望の口に当てさせる。

「きみは先に行け。すぐ追いつく」

「レオさん……!?」

まさかと思ったが、水を被ったレオはそのまま厨房の炎の中へと消えていった。

「そんな……」

彼がそこまでしてくれるとは思わず、つい口走ってしまったことを希望は後悔する。

レシピのために、もし彼が命を落としてしまったらと思うと、ぞっとした。

恐怖と不安で膝ががくがくと震え出し、思わずその場にへたり込んでしまう。

あの人を置いて、先に逃げることなどできない。

もし……彼になにかあったなら、一緒に。

希望はそこまで思い詰める。

「レオさん……レオさ……っ」

床に蹲り、なす術もなく彼の名を呼んでいると。

炎の奥から、レシピ入り缶箱を抱えたレオが戻ってきた。

ワイシャツはあちこち焼け焦げ、金髪も顔も煤《すす》だらけだが無傷だ。

「なにしてる。逃げろと言っただろう」

「レオさん……！」

生きて戻ってきてくれて、本当によかった。

どっと涙が溢れ、希望は思わず彼にしがみついてしまった。

「……行くぞ」

そんな希望の細い身体を抱え、レオが出口へと誘導する。

煙に巻かれながら二人がなんとか窓から店の外へ脱出した頃には、消防車のサイレンが鳴り響き、近所の住人達が道路に集まっていた。

ようやく炎と煙から解放され、新鮮な酸素を求めて喘《あえ》いだ希望は、道路に四つん這いになりながら店を振り返る。

店はもう手の付けようがないほど炎に包まれ、もはやなす術もなかった。

紅蓮の炎が壁を這い、爆発で店の窓ガラスが音を立てて割れる。

「あ……ぁ……」

燃える……すべてが燃えてしまう。

父の大切な店が、思い出が、今までの努力も苦労もなにもかも。

あまりのショックに、希望はもう立ち上がることすらできなかった。

近所からの通報で消防車が到着し、放水が始まるが、なかなか炎の勢いは収まらない。

そして……。

ようやく火が完全に消し止められた時はすでに明け方になっていて、店はもう跡形も残っていなかった。

骨組みだけを残した、全焼状態だった。

店の敷地が多少広く、生垣で囲われていたこともあり、隣家への延焼は免《まぬか》れて、それだけが救いだった。

一部始終を道路に座り込んで眺めていた希望は、ようやく義母に知らせなければと気付き、震える指先で携帯電話をかける。

ややあってタクシーが停車し、人だかりを掻き分けるようにして毛皮のコートを羽織った義母が血相を変えてやってきた。

「ちょっと、希望！　これはいったいどういうことなの⁉」

「義母さん……」

「店で火事を出すなんて、どうせあんたの火の不始末なんでしょう⁉　店に寝泊まりなんかするからよ。まったくなんてことしてくれたのよ！」

ヒステリー状態の義母が、右手を振り上げる。

叩かれるのはわかっていたが、希望は避ける気力もなくぼんやりそれを見上げていた。

が、その手が振り下ろされる前に、大きな手が義母の手首を摑んで止める。

「その辺にしてはいかがですか。彼はひどいショックを受けている」

「だ、誰なの、あなたは⁉」

突然現れたレオに、義母はたじろぐ。

「店の客です。この火事は、彼の火の不始末が原因ではありません。放火です。私は放火犯らしき男を目撃しました」

「なんですって⁉」

そう叫んだ義母が、なぜかぎくりとした様子で一瞬動きを止めた。

「そ、そんな不確かな話、信じられないわね。なにかの見間違いじゃなくて？　だいたいこの店に放火して、いったいなんの得があるというの」

「無差別放火犯というものも存在しますし、なんらかの意図があるのかもしれない。それはこれから警察が調べますよ」

レオが冷静にそう告げると、義母は彼と希望を睨み付け、ハイヒールの足音高く憤然と去っていった。

近くにいた消防士に話しかけているので、状況を聞いているのだろう。

するとなぜかレオも彼女を追い、責任者らしき消防士を交えて三人で話を始めた。

――放火……？　誰かが店に火をつけたっていうのか……？

思いもかけなかったレオの証言に、残された希望はまた頭が混乱してくる。

ややあって、レオだけが希望の許に戻ってきた。

そして、ぶっきらぼうに言う。

「店が焼けて、行くあてはあるのか？」

「……なんとか、します」

今はまだなにも考えられなくて、希望は俯いたままそう呟いた。

家には帰りたくない。

だが、なけなしの金を貯めた通帳も灰になってしまったし、着のみ着のままで今の自分にはなにもない。

心細さに希望は思わず、レシピの入った缶箱をぎゅっと胸に抱きしめた。

これだけが、今の自分の全財産だった。

すると、そんなかたくなな態度に業を煮やしたのか、レオが強引にその二の腕を摑んで立ち上がらせる。

「困った時は、素直に助けてと言えばいい。きみを助けたいと思っている人間は、手を差し伸べるはずだ」

「レオさん……」

彼の言動に驚いていると、レオは摑んでいた、煤だらけの上着の懐から例の手書きのチケットを取り出して見せた。

「まだ、たっぷり残ってる。きみは私にポトフを作る義務があるはずだ。違うか？」

自分が作ったそれを、彼がまだ持っていてくれたのだと知り、希望は少し驚いた。

「……違い、ません」

「なら、一緒に来い。詳しい事情聴取は明日にしてもらった。とりあえず今日は帰るぞ」

「……え？」

茫然としているうちに腕を摑まれたまま、大通りへと連れていかれる。

レオがタクシーを停めると、

「お客さん達、どうしたんです。その恰好は」

煤だらけに汚れた二人に、運転手が困ったように尋ねる。

「シートを汚してすまないが、これでクリーニングしてくれ」

と、レオが数万を握らせると、乗せるのを多少渋っていた運転手は二つ返事で了解した。

こうしてなんとかタクシーに乗り込み、そのままレオの滞在している銀座のホテルへと向かった。

ホテルのエレベーターに乗り込んでも、彼の滞在するスイートルームに入っても、希望はまだ現実がよく呑み込めていなかった。

レオが、赤の他人の自分をこの部屋に泊める気でいるなんて、到底信じられなかったからだ。

「あの……」

「とりあえずシャワーを浴びてこい。お互いひどい有様だ」

なにか言う前に、レオに着替えのバスローブを押しつけられ、シャワールームに放り込まれてしまう。

鏡に映った自分を見てようやく気付いたが、確かに服だけでなく髪も顔も黒い煤まみれのひどい有様だ。

白かったスウェットは黒と灰色に変色していて、かなり焦げくさい臭いがした。

このままではレオに迷惑をかけるので、希望はのろのろと服を脱ぎ、ガラス張りのシャワールームに入ってシャワーを浴びた。

こんな高級スイートの豪華な設備など使ったことがなかったので、いちいちびくついてしまうが、なんとか備品のシャンプーも使って髪も洗い、ようやく人心地がつく。

借りたバスローブを羽織るが、当然ながら下着の替えなどないので恥ずかしいがノーパンだ。スカスカする下半身を気にしながらリビングに戻ると、別になっているバスルームで同じくシャワーを浴びたらしいレオがお揃いのバスローブを着て待っていた。

見ると、ホテルの従業員らしき男性もいる。

するとレオが、包装紙に入ったままの男性用下着と靴下を差し出した。

「用意してもらった」

「あ、ありがとうございます……」

礼を言って受け取る。

「それから、脱いだ服をよこせ」

「え……あ、はい」

言われるままにシャワールームに戻り、脱いだ服を取ってくると、レオは従業員に二人分の洗濯物を預けた。

どうやらクリーニングを依頼したらしく、彼はこのスイート専属のコンシェルジュのようだった。

「よろしく頼む」

「畏まりました。他にご用がございましたら、遠慮なくお申しつけください」

恭しく一礼した彼が退室すると、希望はシャワールームに戻って渡された下着をありがたく身につけて再びリビングへ戻る。

「あの……さっきはごめんなさい。助けてもらって……まだお礼も言ってなくて」

突然のことに気が動転していたとはいえ、命の恩人である彼に礼も言っていないなんて、と希望は自分の非礼を詫びた。

レオがいなかったら、彼の声で目覚めなかったら、もしかしたら自分はあのまま炎に巻かれて逃げ遅れていたかもしれない。

そう考えるだけで、ぞっとした。

「助けてくれて、本当にありがとうございました。父さんのレシピも……これだけは失くしたくなくて。本当に……感謝してます」

そう言って、希望は深々と頭を下げた。

「でも、せっかくレオさんに買ってもらったコンロも燃えてしまって……」

それが申し訳なくて、項垂《うなだ》れる。

「いいから座って、これを飲め」

と、レオがテーブルの上にコンシェルジュが用意していったティーセットを指す。

「……いただきます」

言われるままに椅子に座り、ティーカップを口へ運ぶとそれはホットミルクだった。蜂蜜が添えられていたので垂らして飲むと、甘くておいしい。

温かい飲み物を胃に入れると、気分も落ち着いてきた。

「おいしい……」

「子供がよく眠れるものをと頼んだら、これを持ってきた」

レオの言い分に、希望は思わず笑ってしまう。

「俺、これでももうすぐ二十歳ですよ？」

「私からしたら子供だ」

素っ気なくそう言われたが、希望はなぜかそれが嬉しかった。

父が死んでから、久しく誰にも子供扱いしてもらった経験がなかったからかもしれない。

「でも、あんな遅い時間にレオさんはどうして店のそばにいたんですか？」

今までそれどころではなかったので気付かなかった疑問がふと湧いてきて、そう尋ねるが、レオはなぜか目線を逸らす。

「……店の営業時間を間違えた」

「え……？」

店の営業時間は夜九時までで、それはレオもよく知っているはずだ。

夜中の一時に間違うなんて、どう考えてもありえないんだけど、と希望が思っていると、レオがごまかすように咳払いした。

「そんなことはどうでもいい。それよりそれを飲んだら、今日はなにも考えずに寝ろ。考えるのは明日でいい。気が動転している時に悩んでも、なにもならないからな」

「……はい」

レオは使っていない来客用寝室の場所を教えてくれて、好きに使っていいと言ってくれた。

ぶっきらぼうで無愛想だが、レオの気遣いが伝わってきて、希望は救われた気分だった。

ホットミルクを飲み干し、席を立つ。

「おやすみなさい」

「……ああ、おやすみ」

寝室に入ると、そこはスタンダードなホテルの一部屋よりも広く、さすがスイートの一室だけあって充分すぎるほど立派な部屋だった。

セミダブルとおぼしきベッド前に立ち、するりとバスローブを肩から落とす。

下着一枚で寝ることになるが、着替えがないのでしかたがない。

と、その時、ふいに部屋のドアが開き、レオが立っていた。

「あ……」

思わず脱ぎかけたバスローブを胸元まで引き上げかけるが、男同士なのに気にするのはおかしいかな、と後悔する。

なぜだか彼に、自分の貧相な裸体を見せるのは恥ずかしかったのだ。

だが、首に指輪を通したネックレスを下げていたことを思い出し、はっとする。

これをつけているところを見られたら、まずい。

希望は咄嗟にバスローブの前を搔き合わせ、レオに見られないようネックレスを隠した。

レオの方も狼狽がひどく、入り口で背中を向けたままシャツを差し出してくる。

「す、すまない……着替えを貸すのを忘れて……。私のシャツでよければ、寝間着にしてくれ。クリーニングしてある」

「あ、ありがとうございます。裸で寝るのは慣れてないので、助かりました」

礼を言って受け取るが、レオは希望の顔を見ようとせず、そのまま逃げるように行ってしまった。

——見られなかった……よね？

バレずにすんだとほっとし、希望はありがたく受け取ったシャツを羽織ってみる。

ブランドタグに『ルーヴァンヌ』のロゴがあるので、自社ブランドなのだろう。

シルク百パーセントで、とても肌触りがよく、いかにも高価そうなシャツだった。

体格のよいレオのサイズなので細身の希望では両肩が落ちてしまい、両手も指先まで隠れるほど長いので袖口を何度か捲り上げる。

そしてようやくベッドに入ると、希望は無理やり目を閉じた。

こうしていても、まだ店が燃えてしまった現実を受け入れられない。

あの店を失い、この先いったいなにを目標に生きていけばいいのか。

希望はただ途方に暮れるしかなかった。

レオがいなければ、無一文のままこの真冬の寒空の下、野宿でもしなければならなかったところだ。

――レオさんには、本当に迷惑かけてばっかりだな……。


到底眠れないと思っていたが、いつの間にかうとうとしていたのだろう。

ふと気付いた時には、窓の外からかすかな街の喧騒が聞こえてきて、希望は半分寝ぼけたままベッドから起き上がった。

時計を見ると、なんと十一時近かった。

寝たのが朝方だったせいだろうか、普段はアラームをセットしたりせずとも、毎朝六時に起きているので習慣で同じ時間に目が醒めてしまうのだが、さすがに今日ばかりは寝過ごしてしまったようだ。

希望は慌ててベッドを飛び出し、シャツ姿のまま寝室を出た。

「おはようございます……」

小声で挨拶してみるが、反応はない。

主寝室にレオの気配はなく、どうやら彼は僅か数時間の仮眠だけですでに出かけた後のようだった。

――やっぱり仕事に行ってるよね……。

一人寝過ごしてしまった自分が恥ずかしい。

だが、店がなくなった今、なにをしていいかわからない。

希望は、これからどうすればいいのかと途方に暮れた。

とりあえず洗面所で顔を洗っていると、昨晩は気が動転していてすっかり思い至らなかったが持田は今後どうなるのだろうと心配になる。

急いで彼の携帯電話にかけてみると、幸いすぐに応答してくれた。

『希望くん！　ああよかった、無事なんだね。今さっき社長から電話があって驚いたところなんだ。怪我はない？　社長に聞いても、なんだかご機嫌が悪くてとりつくしまがなくてね』

義母は、まだ火事の原因が自分だと思っているのだろう。

これではやはり、屋敷には帰れないなと希望は思った。

「俺は大丈夫です。ご心配おかけしてすみません。それより持田さんは……？」

『ああ、来週からチェーン店の三軒茶屋《さんげんぢゃや》店に配属だって辞令が下ったよ。それまで自宅待機だって。クビにされずにすんで助かった』

「よかった……」

ひょっとしたらこれを機に義母が持田を解雇してしまうのではないかと案じていたが、ほっとする。

家族のある持田を路頭に迷わせるわけにはいかない、そのことばかりが気にかかっていたのだ。

『店の後片付けが気になって、そっちはいいんですかって聞いてみたけど、全焼だから業者に任せたって。あの人にはなんの思い入れもない店だからって、あっさりしたもんだね』

「……そうですか」

とにかく一番の気がかりが解消されたので安堵《あんど》して電話を切り、希望はこれからどうしようかと途方に暮れた。

と、そこへインターフォンが鳴る。

レオが戻ってきたのかと急いで鍵を開けると、そこには後藤が立っていた。

「後藤さん」

「あらぁ、彼シャツね。可愛いわぁ♡」

希望の出で立ちを見るなりテンション高く告げると、後藤はさっさと室内へ入ってきた。

そして勝手知ったる我が家のように内線電話をかけ、コンシェルジュにルームサービスをオーダーする。

「寝たの朝だったんでしょ？　ゆっくり寝ててよかったのに。まぁ、とりあえず一緒にブランチでも食べましょ。ね？」

「は、はい」

まもなく昨夜のコンシェルジュがトレイを運び込み、ルームサービスのブランチセットをテーブルに並べていったので、希望は言われるままに席に着く。

スパニッシュオムレツやサラダ、サンドイッチなど、少量ずつ盛り合わせてあるプレートだったが、一流ホテルの料理だけあって、なにを食べてもおいしかった。

しかしなぜ、後藤は来てくれたのだろう？

仕事中なのではないかと考えていると、食後のコーヒーを飲み干した彼は言った。

「ちょっと買い物があるんだけど、付き合ってくれない？」

「は、はい、俺でよければ」

どうせ、することもないのだから、荷物持ちでもなんでもしようと希望は快諾する。

「レオから着替えがないって聞いてきたから、サイズ合いそうなもの見繕ってきたんだけど、着てみてちょうだい」

と、後藤は持参してきた紙袋から新品のシャツとジーンズを取り出した。

「すみません、助かります」

クリーニングしてもらったものの、さすがにスウェットで高級ホテルをうろついたり、買い物に行ったりはできないと思っていたので、希望は二人の気遣いに感謝した。

ありがたくそれに着替え、後藤と共にホテルを出る。

エントランスに停車していたタクシーに乗り込むと、希望はずっと気になっていた質問をした。

「あの……レオさんはお仕事、ですよね？」

「ええ、どうしても抜けられない会議があってね。代わりに希望くんのそばにいてやってくれって頼まれたの」

「え……？」

まさかレオがそこまで気を遣ってくれていたとは知らず、希望は驚いた。

「そんな……昨晩泊めていただいただけで充分なのに。俺、一人で大丈夫ですから、後藤さんもお仕事に行ってください」

自分のために二人を煩《わずら》わせたくなくて、必死にそうお願いするが。

「つらい時には他人の好意に甘えてもいいのよ。レオのお墨付きで堂々とサボってショッピングできるなんて、私も役得だしね」

希望に負担をかけまいと、後藤はそんな風に言ってくれる。

「……レオさんにも、同じことを言われました」

「あら奇遇。さすが従兄弟よね」

そんな話をしているうちに、タクシーは後藤が行き先を告げた銀座の番地に到着する。

そこはオープンしたばかりの『ルーヴァンヌ』日本一号店だった。

銀座の一等地に建てられたばかりのビルは、濃茶の煉瓦《れんが》造りを模した洒落《しやれ》た外観で、一階から五階までがそれぞれ洋服、バッグ、靴、紳士物と分かれた専門の店舗になっており、その最上階に『ルーヴァンヌ』日本支部支社があるようだ。

「いらっしゃいませ、お待ちしておりました」

後藤があらかじめ連絡を入れていたのか、白手袋を嵌めた店員が二人もつきっきりで恭しく応対してくれる。

てっきり彼が買い物をするのだろうと思って見ていると。

「この子に合いそうなもの、一通り出してちょうだい」

後藤が自分を前に押し出すのでびっくりした。

「ご、後藤さん⁉」

「これなんかどうかしら。サイズは大体合ってると思うんだけど」

店員が選んできたパステルブルーのシャツを手に取り、後藤が希望の胸元に当ててくる。

「あ、ありがとうございます。でも……」

『ルーヴァンヌ』のブランドロゴ入りの値札タグにちらりと視線を落とし、希望は口ごもった。

シンプルなシャツ一枚が、普段自分が着ているそれの二十倍近い値段がついている高級品など、とても手が届かない。

「恥ずかしいんですけど、俺……今無一文なんで、こんな高い服買えないので」

「そんな心配しなくていいの！　どうせ社員割引で買えるんだから、レオに払わせときゃいいのよぉ」

「だ、駄目です、いただけません……俺、お二人にこんなによくしてもらって、なにもお返しできないのに」

それが心苦しい、と希望は思った。

「ま、いいからいいから。希望くんは色が白いから、けっこう原色も似合うと思うのよね～」

必死に遠慮したにもかかわらず、後藤はまったく聞く耳を持たず、次々とシャツやらパンツやらを選び出し、希望の全身トータルコーディネートを始めてしまう。

「お願い、ちょっとだけでいいから試着してみて。ね？」

そこまで言われると断れず、豪華な試着室に入り、彼の選んだ服に着替える。

「あらぁ、似合うじゃない！　ちょっとこれ持ってみて」

果ては帽子やらバッグ、革靴まで用意させ、フル装備させるとスマートフォンで写真撮影を始める始末だ。

「あ、あの……」

「ちょっと待ってね。次、こっち」

すかさず次の組み合わせを差し出され、希望は唯々諾々《いいだくだく》と従うしかなかった。

その作業を何度か繰り返していると、急に店員が入り口に向かったので、試着室から出た希望もつられてそちらを見る。

すると、店の入り口から入ってきたのはスーツ姿のレオだった。

「レオさん……」

なぜここに彼が、と一瞬驚くが、考えてみればこの店は自社ビルの一階にあるのだから、重役会議などはここの最上階で行われていたのだろうと思い当たる。

が、驚いているうちに、レオはつかつかと歩み寄り、待ち合いソファーでスマートフォンを弄っていた後藤に言った。

「会議中写真をガンガン送ってくるな！　……三組目は派手すぎる。却下だ」

「ふんふん、ってことは他はオッケーってことね。私のセンスって最高♡」

「自画自賛するな！」

後藤に突っ込みを入れ、レオは白のジャケットにデニムという出で立ちの希望を眺め、

「それは似合ってる」

と、重々しく言った。

「……なんでも好きなものを選べ。今日はなるべく早く戻る」

「レオさん……あの……」

もらえないと固辞するべきか、礼を言うべきか、希望が悩んでいるうちに。

「礼なら後で聞く」

それだけ言うと、レオは足早に店を出ていってしまった。

「ふふ、希望くんのファッションショー写真送ったら、絶対見に来ると思った。ほんと、わかりやすい男よね～」

彼が、どうして自分の写真で会議を抜け出してくるのかわからず、希望は首を傾げる。

「？　どうしてですか？」

「いいのいいの、こっちの話。さ、ご本人があぁ言ってるんだから、思う存分買い物しちゃいましょう！」

と、後藤は店員に頼んで靴下や下着まで、すべてルーヴァンヌブランドで十組ずつも揃えてくれた。

試着した服も、ほとんど買ってしまうので、荷物は山のようになる。

どうやって持って帰ろうと青くなる希望を尻目に、後藤は店員にそれらをホテルまで送るよう頼み、手ぶらで店を出た。

「あ～～人の金で買い物するのって楽しいわねぇ。次はなにを買いに行きましょうか？」

「いいえ、本当にもう……」

「遠慮しないの。服の他にも日用品とか必要でしょ？」

「いえ、家出中だったんで、ほとんど荷物はなかったんです。あ、でも……」

ふと思い出し、希望は彼に言った。

「すみません、一つだけ欲しいものがあるんですけど」


「希望くんって、ほんとに欲がないわねぇ」

銀座にある老舗デパートを後にすると、後藤が呆れたようにため息をつく。

希望が彼にねだったのは、ポトフを煮込む鍋だった。

「すみません、ホテルの部屋に、さすがに鍋はなかったので」

頼めばホテル側が貸してくれるのではないかと思ったが、後藤は包丁やまな板などの調理器具一式も買ってくれた。

地下の食料品売り場に寄って、ポトフの材料を選ぶと、これも鍋と一緒に後藤がホテルへ運んでくれるよう手配してくれる。

「俺には料理しか、ないから。これくらいしかできなくて」

自分などのためにここまでしてくれたレオと後藤のために、せめてもの恩返しにおいしいポトフをご馳走したかった。

あれこれ買い物をしたり、カフェで休憩したりしているうちにあっという間に時間が経ち、夕方になってしまう。

夜中に火事に遭い、すべてを失ったというのに、こんな風にのどかにコーヒーを楽しんでいるなんて、なんだかひどく現実味がない。

「いろいろ、ありがとうございます。今日一人でいたら俺、きっとどん底まで落ち込んでたと思います」

たとえレオに頼まれたからでも、一日付き合ってくれた彼に希望は心から感謝していた。

「そうそう、そういう時はね、一人でいちゃいけないのよ」

美容のためだとフレッシュジュースを飲んでいた後藤はそう茶化してから、真顔になる。

「希望くん。行くあて、ないんでしょ？　遠慮せずにレオんとこにいなさい。黙って出ていったりしないって私と約束して」

「……後藤さん……」

ポトフを作り終えたら、レオが戻る前に出ていくべきだろうかと考えていたのを見透かされ、希望は言葉を失った。

「でも俺、こんなによくしてもらう理由がないです」

「甘えるのが下手なのね。そういうとこも可愛いんだけど。レオが日本に滞在する、残りの日程の間、そばにいて食事の世話をしてやってほしいの。あの激務じゃまた胃をやられて倒れるの、目に見えてるから。どう？　これなら理由になるでしょ？」

「後藤さん……」

「ああ見えて、食にはあれこれうるさいのよ、レオってば。外食も味の濃い料理も好きじゃないし、まずいもの食べるくらいなら面倒だから食べないとかしょっちゅうだし。そのレオが、希望くんのお店の料理はすごく気に入ってたみたいなの。私からもお願いよ。その間に、今後の身の振り方を考えればいいじゃない」

赤の他人の自分のために、ここまで気を遣ってくれる彼らに、希望は瞳を潤ませた。

「……本当に、ありがとうございます。なんてお礼を言ったらいいか……」

「不器用、無愛想、傍若無人な人だけど、ああ見えていいとこあるのよ。レオのこと、よろしくね」


タクシーでホテルへ戻り、部屋へ帰るとすでに頼んだ品物が山のように届いていた。

希望が部屋に入るのを見届け、後藤は帰っていった。

一人になった希望は、さっそく買ってもらった食材を下拵《したごしら》えし始める。

ミニバーにある小さなシンクでは調理しづらかったが、なんとか工夫して頑張った。

料理をしている間は、いつもなら無心になれるのだが、さすがに昨日の今日で。

調理を進めながらも、どうしても店のことを考えてしまう。

本当は店の焼け跡に行きたかったが、それと同時になにもかもが灰になった店を目のあたりにしたら、もう立ち直れないのではないかと思うとひどく怖かった。

考え事をしていて、うっかりスパイスを入れ間違いそうになり、慌てて手を止める。

――いけない……今は料理に集中しなきゃ。

こんな気持ちでは、おいしい料理などとても作れない。

自身を叱咤し、希望は気持ちを入れ替えて料理に没頭した。

今は店を失った悲しみを忘れ、レオから受けた恩を返すために奮闘すべきだと自分に言い聞かせ、希望は心を込めてポトフを作った。

小型のＩＨヒーターでは店のコンロと圧倒的に火力が違うので、同じようには仕上がらないだろうが、その分長時間かけて煮込む。

暇になるとついぼんやりと店のことを考えてしまうので、希望は思いつくままにあれこれと作った。

お陰で、レオが帰宅した頃にはテーブルの上には何品もの料理がずらりと並んでいた。

材料があるものでメニューを考えたので、ポトフに肉じゃが、ほうれんそうの胡麻よごしにチキンソテーなどなど、見事に統一性のない食卓になってしまった。

おまけにホテルの部屋で米は炊けないし炊飯器もなかったので、主食はバゲットだ。

ようやく一段落ついたところで、レオが帰宅したので希望は急いで彼を出迎えた。

「お帰りなさい」

「……ああ」

なにげなくそう告げると、レオはなぜか面映ゆそうな表情になった。

こうして改めて二人きりになると、なにを話していいかわからず気まずい沈黙が支配する。

それをごまかすために、希望は彼に夕食を勧めた。

「いただきます」

「……どうぞ」

レオが食事を始めると、今さらながらに彼の評価が気になって落ち着かなくなる。

「……お店のポトフよりおいしくない、ですよね。ソーセージも、いつも仕入れているお店のじゃないし、火力もちょっと弱いし」

つい弁解してしまいながら、希望はそんな自分に嫌気が差して俯いた。

「……なにより、店の味付けは持田さんで、俺は下拵え担当なんで。未熟ですみません」

本当なら、まだ見習いの腕前で、たとえ家賃代わりといえども雇ってもらえる身分ではないのだ。

だが、レオはスプーンを動かす手を止めない。

「家庭で食べるポトフに近くて、これはこれでいい。必要以上に自分を卑下するな」

相変わらず素っ気ないが、レオの言葉は胸にじんわりと染みた。

「はい……」

「しかしすごい品数だ。ずっと料理してたのか？」

「はい。メニュー、統一性なくてすみません。なにかしてないと、つい考え事をしちゃうんで……」

「……そうか」

作りすぎたと思うくらいの分量だったのに、レオは残さず綺麗に平らげてくれた。

「大丈夫ですか？　無理して食べてませんか？」

彼がすぐ胃にくることを知っている希望は、それが心配だったのだが。

「きみこそ無理をするな。泣きたい時は泣いていいんだ」

静かに言われ、食器を片付けていた手が止まった。

その一言で、それまで堪えていたなにかが堰《せき》を切ったように溢れ出す。

「う……ぅ……っ」

ついに我慢できず、希望は声を上げて泣いた。

こんなに大泣きしたのは、子供の頃以来だった。

唇を噛み、華奢な身体を震わせて泣く希望を見ていられなくなったのか、レオが無言で椅子から立ち上がり、その腕を引き寄せる。

大きな彼の胸に抱きしめられ、一瞬戸惑った希望だったが、彼が泣く自分に胸を貸してくれているのだとわかり、その優しさに甘えることにした。

父を亡くして以来、困ったことがあってもいつも、誰にも相談せず、たった一人で考え、切り抜けてきた。

だが、今回ばかりは駄目だった。

心の支えだった店と共に生きる目標までを見失い、希望は打ちひしがれていた。

「と、父さんの大事な店が……店が……っ、あそこがなくなったら、俺、これからどうしていいのかわかんなくて……っ」

しゃくり上げながら、訴える。

レオは赤の他人で、こんな風に甘えていい相手でないことはわかっていたが、優しくされるともう我慢できなかった。

「店はなくなっても、お父さんの志《こころざし》やレシピはきみの中に生きている。入れ物は後からいくらでも作れる」

「ぅ……っく……」

「しっかりしろ。きみには料理がある。大丈夫、きっと大丈夫だ」

大きな手が、宥めるように背中を撫でてくれて。

その心地よさに、希望は目を閉じていた。

誰かに受け入れてもらえているという感覚は、こんなにも心が落ち着くものだったのか。

自分が、思っていた以上に孤独だったことを今さら痛感し、希望はぎゅっと彼のシャツにしがみついた。

それから、どれくらいそうしていただろうか。

「ぁ……す、すみません……！」

慌てて身体を離し、ようやく我に返った希望は耳まで紅くなった。

「ワイシャツ、汚しちゃったかも……」

「気にするな。落ち着いたら、今日も早く寝ろ」

「……はい」

本当はもう少しレオのそばにいたいと思ったが、彼も疲れているのだろうと諦める。

そのまま部屋に行きかけ、希望はつとレオを振り返った。

「……どうして、見ず知らずの俺にこんなによくしてくださるんですか？」

それは、やはり自分が『シンデレラ』によく似ているからなのだろうか？

その答えが、どうしても知りたかった。

だが、それには答えず、レオは話題を変えた。

「明日、ここをチェックアウトしてマンションに移る」

「え……？」

「ホテルのミニキッチンでは料理しづらいだろう。ちゃんとキッチンがついているマンスリーマンションを契約してきた。帰国するまで、明日からそちらで暮らす」

「は、はい、わかりました」

なぜレオがわざわざ快適なホテル暮らしを中断し、マンスリーマンションを借りてきたのかわからなかった。

――まさか俺のため、じゃないよね……?

そんなにちゃんとした手料理が食べたかったのだろうか。

いや、三ケ月も外食やホテルでのルームサービス続きになれば、さすがに飽き飽きしてしまうものなのかもしれない。

――よし、レオさんが気に入ってくれるような料理を作ろう。

ホテルでないなら清掃も入らないだろうし、洗濯もするようになる。

少しでも彼の役に立てることが嬉しくて、希望は家事を頑張ろうと心に決めた。


レオが契約してきたのは、ホテルからさほど離れていない、銀座にある高級マンスリーマンションだった。

普通のマンスリーマンションとは違い、エントランスにはコンシェルジュ付きでセキュリティーも万全。

部屋の調度品や家具なども高価そうなので、いわゆるセレブ向けの物件なのだろう。

九十平米の広さに３ＬＤＫで、二人では勿体《もったい》ないほどの広さだ。

新居に落ち着くと、レオは当座の生活費だといきなり百万の封がついたままの札束を渡してきたので、希望はびっくりして『こんなにいりません』と断った。

それでも好きに使えとレオが置いていってしまったので、しかたなく預かり、食料や日用品を買うときちんと家計簿をつけて金額の収支を記録しておくことにした。

自分のためにたくさん無駄なお金を使わせてしまったのだから、せめて生活費は節約しようと奮闘する。

――でもあんまり安売りのものとかだと、レオさんの口に合わないかも。

彼はセレブ育ちなのだから、自分と同じ感覚でいてはいけないのかもしれない。

買い物をする時もいろいろ考え、希望は極力チープになりすぎず、かつ栄養があって消化にいいメニューで献立を考えた。

こうして、彼らの新生活が始まった。

レオはどんなに多忙でも夜七時か八時頃には一旦部屋に戻り、希望と夕食を共にする。

そして終わると再び会社へと向かい、仕事を終えて戻るのは毎晩深夜だ。

希望は、食事のために彼が無理をして戻っているのではないのかと気になった。

「あの……お仕事忙しいのに、無理してませんか？」

「問題ない。同じ時間に食事を摂った方が身体にいいしな。きみが来る前は面倒で食べずにいたこともよくあったから」

「そうですか」

そう言ってもらえると、ほっとする。


「今夜も遅くなる。待たずに先に寝ていろ」

「はい、いってらっしゃい」

そう言われても、希望は基本必ずレオが帰ってくるまで起きて待っている。

そして朝晩、彼が出かける時と帰ってくる時は必ず玄関まで出迎えに行くのだが、その度にレオはいつも面映ゆそうな表情で頷くのだった。

一日中部屋の中にいるのも気が滅入るので、家事をすませた後に買い物はなるべく毎日出かけるようにする。

あれからレオが同行してくれ、一緒に警察の事情聴取にも行った。

レオの目撃証言通り、店の裏口には大量の灯油が撒かれた形跡があり、明らかに放火が出火原因だという。

だが、犯人の目星はまだついておらず、レオが協力して作成されたモンタージュ写真に懸けるしかなかった。

義母からは、その後なんの連絡もない。

焼け出され、無一文で放り出された自分がどうなっているのか、まるで興味もないのだろう。

勇気を出して、店があった場所に行ってみたが、やはり全焼でなにも残っておらず、跡地は綺麗に更地になっていた。

持田に会いたいと思ったが、彼はすでに新しい店舗に配属されて働いている。

自分一人だけが過去に取り残され、身動きできずに足掻いているような気がした。


「店は当然、保険に入っていたはずだ。全焼で満額下りる可能性が高いから、その資金で店を再建すればいい」

「保険……」

その晩、焼け跡を見てきた話を夕食時にレオに話すと、彼が教えてくれる。

店を失ったショックで、とてもそこまで頭が回らなかった希望は、一筋の光が差し込んできたような気がした。

もしかしたら……義母の許可さえもらえれば、一号店を建て直せるかもしれない。

「義母上に会うのは気が重いだろうが、一度はそういう話をしないとな」

「ええ、そうですね」

その義母の許可が一番ハードルが高いのだが、と希望は表情を引き締める。

だが、万に一つでも可能性が残されているのなら、試してみる価値はあると思った。

「ありがとうございます、レオさんのお陰で、ちょっと希望が湧いてきました」

「希望という名のきみが、希望を忘れるのは本末転倒だぞ」

「あ、ほんとだ。そうですよね」

彼にはいつも、こうして励まされて力を与えてもらっている。

希望は心から、彼に感謝していた。


二人の同居生活は、驚くくらいなんの問題もなく快適なものだった。

休日もほとんどないような忙しさの中で、レオは少し時間があると気分転換だと言って希望を有名なレストランや料亭へ連れていってくれた。

彼はなにも言わないが、おそらく料理人を目指す自分に勉強させてくれるために、名店の味を教えてくれているのだとわかる。

不器用な彼の思いやりに、希望は何度も救われた。

レオに出会っていなかったら、今頃店を失った自分は絶望のどん底からまだ立ち直れずにいたに違いない。

本当に、いくら感謝してもし足りない思いでいっぱいだった。

だが、楽しい日々はあっという間に過ぎていってしまう。

もうすぐ彼は、パリに帰ってしまう。

そう考えるだけで、いてもたってもいられない気分になる。

彼が家事の対価として破格の給料をくれたお陰で、なんとか安いアパートくらいなら借りられそうだが、問題はそこではない。

あろうことか、自分は彼と離れたくないと思ってしまっていることに希望は愕然とした。

――なに図々しいこと考えてるんだ、俺は……。あの人はお情けで今まで置いてくれてたんだから。

パリに戻れば、彼にはあちらでの人生と生活がある。

所詮自分と彼とは、明らかに住む世界が違うのだから。

元々、姉達の気まぐれがなければ、永遠に出会うことはない立場の人だった。

今こうして同じ家に暮らしているのすら、本来ならありえないことなのだから。
せめて、最後の日まで心を込めて料理を作ろう。
自分にはそれしか、お返しすることができないのだから。
希望はそう心に決めていた。

◆　◆　◆

一方、レオはレオで、日本で過ごせるタイムリミットが迫る中、日々懊悩を繰り返していた。

こちらでやらなければいけないことはほぼ目処《めど》がついたので、帰国は予定通りになりそうだ。

だが、問題は希望のことだ。

自分が帰国すれば、彼はまた一人になってしまう。

彼と暮らしたこの一ケ月は、信じられないほど楽しかったし、生きる張り合いのようなものを感じられる生活だった。

それなりにモテて、女性に不自由したことのないレオだったが、今まで誰と付き合ってもこんな気持ちにはならなかった。

男だろうが、関係ない。

あの子を、他の誰にも渡したくない、そんな独占欲に駆られる。

店再建の目処も立っていないのだから、自分が彼をパリに攫《さら》っても許されるのではないか。

そんな悪魔の誘惑が、日々レオを悩ませる。

初めて彼をホテルに連れて帰ったあの日。

バスルームで偶然裸を見てしまった時、レオは確かに彼の胸に光るネックレスを目撃した。

間違いない、あれは『シンデレラ』がとても大切にしていた、彼女のネックレスだった。

確かに彼女に返したはずのそれを、今希望が身につけている理由。

それはたった一つしかない。

希望が『シンデレラ』だった、その正体をようやく知ったレオだったが、不思議と騙されたという怒りは湧かなかった。

事実を知れば、なにもかもに合点がいく。

最初、あれほど希望が自分を『シンデレラ』に会わせたがらなかったのも、納得だ。

おそらく、あのパーティの晩は姉達の嫌がらせかなにかで女装をさせられ、荷物持ちでもさせられていたのだろう。

そして、そんな彼に一目惚れしてしまった。

真実に気付いた今、レオは逆にほっとしていた。

一目惚れした相手と、そばにいるにつれ、だんだんと心惹かれていった相手が、同一人物だったのだから。

だからこそ、余計に彼を放したくない、自分だけのものにしたいという欲望はすでに抑え切れないほどレオの内で膨らんでいった。

今まで同性に欲情した経験などなかったが、希望には触れたいという衝動に度々襲われた。

この一ケ月、惚れた相手と一つ屋根の下に暮らしながら、よく襲わずに我慢してきたものだと自身の忍耐力を称賛したくなる。

希望は自分に助けてもらった恩義を感じているだけで、それ以上の感情は持っていないのだろう。

だが、彼の笑顔を見るだけで、誤解したくなる自分がいる。

希望もまた、自分を想ってくれているのではないかと、都合のよい妄想に浸りたくなってしまうのだ。

そして今日もまた、レオは終わらない仕事を途中で切り上げ、希望が作ってくれた夕食を食べるためにマンションへ引き返す。


「お帰りなさい」

毎日、笑顔で出迎えてくれる彼を見ると、抱きしめてしまいたくなる。

「……ただいま」

その衝動を抑えるのに苦労しているレオは、いつも必要以上に無愛想になってしまうのだ。

「すぐお味噌汁温めますね。手を洗ってきてください」

「……ああ」

スーツの上着を脱ぐと、希望がすかさず受け取り、ハンガーにかけてくれる。

ハウスキーパーのようなことはしなくていいと何度も言ったのだが、そうさせてもらった方がここに置いてもらうのに気が楽なので、と押し切られ、以来彼の好きにさせている。

いつものように洗面所で手を洗って席に着くと、なぜか希望が物言いたげな表情をしていることに気付いた。

「どうした？」

言おうか言うまいか悩んだ末、結局希望が口を開く。

「……ほんとは、今日誕生日なんです。二十歳になりました」

「そうだったのか？」

初耳で、レオは戸惑う。

「なぜもっと早く言わない」

「そんな、大したことじゃないので」

さぁ、食べましょうと希望が言ったが、レオは首を横に振った。

「いいや、よくない。ちょっと待ってろ」

「え……レオさん？」

困惑する希望を尻目に、レオは財布の入っている上着を引っ掴み、マンションを飛び出す。

なにもしてやれないが、せめて誕生日くらい盛大に祝ってやりたい。

通りかかったタクシーを停め、レオはまずフランスに本店がある有名な高級スイーツ店へ向かい、一番大きなホールケーキを買った。

むろん、誕生日用キャンドルをつけてもらうのは忘れない。

それからワインショップに寄り、希望と同じ誕生年のワインを一本買う。

その店の若いソムリエがレオの顔を業界紙で知っていて、『ルーヴァンヌのファンなんです』ととびきり好意的に応対してくれたので、『知人が誕生日で思い切り祝ってやりたいんだが、どんな方法があるだろうか』と相談してみた。

すると彼はお任せくださいと胸を叩き、パーティ用のとんがり帽とクラッカーを持ってきた。

『女性は意外にベタなお祝いに弱いんですよ。うまくいくことを祈ってます』と、それらをおまけとしてつけてくれる。

いや、相手は女性ではないのだが、と思いつつも丁重に礼を言い、レオはそれらを抱えて再びタクシーに乗り込み、急いでマンションに戻った。

部屋を飛び出して小一時間経っていたので、希望を待たせてしまったと焦り、インターフォンも押さずに鍵でいきなり部屋へ入ると、彼は所在なげに食事を並べた椅子に座ってぼんやりとレオの帰りを待っていた。

「すまん、遅くなった！」

スーツの上着を放り出し、ネクタイを緩めてダイニングテーブルに着く。

「レオさん……」

「誕生日祝い、今からやろう」

「……え？」

まさかわざわざケーキを買いに行ってくれたのだとは思っていなかったらしい希望が絶句しているうちに、レオはケーキを箱から取り出し、『20』を象《かたど》ったキャンドルを飾ってそれにライターで火を点けた。

そして、もらった派手な金銀ストライプのとんがり帽を希望に差し出す。

それを見ると、希望がくすりと笑ったのでほっとする。

「レオさんも被ってください」

「……う、うむ」

店員が二つ入れてくれていたのでもう一つを差し出され、レオも渋々それを受け取った。

かなり恥ずかしいが、希望に被れと勧めた手前、自分が被らないわけにもいかず、勇気を振り絞ってそれを頭に乗せた。

お互い、パーティ用とんがり帽を被った姿を見て、つい笑ってしまう。

「さぁ、キャンドルを吹き消して」

「はい」

希望は大きく息を吸い込み、一息で炎を吹き消した。

すかさず、レオがクラッカーの紐を引くと、パンという破裂音と共にテープが飛び出す。

「こんなお祝いしてもらったの、子供の頃以来かも。ありがとうございます、すごく嬉しいです」

そのテープを頭から浴びて、希望が嬉しそうにはにかんだ笑みを見せたので、レオも嬉しくなった。

彼の笑顔を見ているだけで、胸の奥がほんのりと温かくなる。

この感情を恋と呼ばずして、なんと呼ぶのか。

だが、それをレオは無理やりねじ伏せた。

自分の生まれ年のワインに、希望はいたく感動してくれて、二人で乾杯する。

「待たせて悪かったな。せっかくの料理だ。いただこう」

「はい」

そしてようやく二人は希望が心を込めて作った夕食を味わい、デザートにケーキを堪能した。

「はぁ、おなかいっぱいです。すごくおいしいケーキでしたね」

「ああ」

希望が淹れてくれた食後のコーヒーを味わっていると、希望が独り言のように呟く。

「もうすぐ、ご帰国ですよね。あれからもう一ヶ月経つなんて、あっという間でした」

折しも、切り出したかった用件を先に話題にされ、レオは逆に困惑してしまう。

「そうだ、不動産屋さんで、安い物件見つけたんです。やっと二十歳になって部屋が借りられるようになったので、これのうちのどれかに決めようと思って」

と、希望が数枚の間取り図のコピーを差し出す。

それを受け取ったレオは、紙面に目を通して顔を顰めた。

彼がすでに不動産屋巡りを始めていたことが、ショックだったのだ。

「……この部屋は北向きだな。きっと暗いぞ。こっちは一階か。上の階の足音が響きそうだ」

と、物件にあれこれ難癖をつけてしまう。

なんとしてでも希望を行かせたくない、複雑な男心なのである。

「ふふ、だから家賃安いんですよ」

だが、希望はといえば、安アパートで暮らすことをなんとも思っていないようだ。

「……希望」

——きみは私がいなくなっても、平気なのか？

聞きたくてたまらない質問が、どうしても口に出せない。

私と一緒に、パリに行かないか。

ずっと言えなかった言葉が、喉元までせり上がってくる。

「二十歳になって、親の同意なしに部屋が借りられるようになりました。それまでここに置いてもらって、レオさんには本当に感謝してます」

「……やめてくれ」

そんなことを言われてしまったら、ますます放したくなくなってしまう。

「レオさん……？」

不思議そうな希望の顔を見ると、今にも押し倒してしまいそうになる自分が怖かった。

衝動を抑えるために、レオは突然席を立ち、バスルームに入る。

いったい、いつからだろう。

こんなに彼のことが気になり、彼を我が物にしたいと熱望するようになったのは。

きっかけは、いくつもあったような気がする。

些細《ささい》なエピソードの積み重ねで、気が付いた時にはもう、引き返せないほど好きになってしまっていた。

だが彼に、出ていくなんて許さない、一緒にパリに来いとそう言える資格が自分にあるのか。

頭を冷やすために冷たい水で顔を洗い、何度も深呼吸して気分を落ち着かせていると。

「あの……大丈夫ですか？　もしかしてまた胃が痛むんですか？」

外の廊下から、不安げな希望の声が聞こえてきた。

どうやらまた具合が悪いのではないかと心配させてしまったようだ。

「……いや、なんでもない」

濡れた前髪を掻き上げ、バスルームを出ると目の前に希望が立っている。

今、手を触れたら帰国よりも早く希望を失うことになるかもしれない。

だが、もう我慢の限界だった。

レオは強い力で彼を引き寄せ、その華奢な身体を腕の中に抱きしめた。

「レオさん……?」

「……嫌なら、そう言ってくれ」

ありったけの勇気を総動員し、覚悟を決めてそう告げたが、希望はほんのりと目元を桜色に染め、首を横に振った。

「いいえ……嫌じゃない、です」

「希望……」

その返事は、レオの箍《たが》を外すのに充分だった。

それは、どういう意味なのか。

確認しなければいけないのに、本能が先走る。

愛してる、愛してる、愛してる……!

抑えに抑えていた激情が一気に溢れ出し、希望の髪に両手を差し入れ、思う様その可憐な唇を貪《むさぼ》っていた。

「は……ぁ……っ」

希望からの抵抗はなく、身を委ねてもらえた喜びにレオの胸は歓喜に躍る。

「は……ん……っ」

明らかにキスに不慣れな希望が、酸素を求めて喘ぐ様が可愛くて。

もう我慢の限界だった。

「希望……！」

勢いでその華奢な身体をテーブルの上に押し倒す。

「レオさ……」

その髪に、頬に、首筋に、無我夢中で口付けの雨を降らせると、希望が絶え入るような声を上げる。

それに煽《あお》られ、レオは性急に彼のシャツをはだけ、剥き出しにした白い首筋に唇を当てて強く吸い上げた。

「は……ぁ……っ」

紅い所有印を肌に刻まれ、希望がびくりと反応する。

のけぞる彼を支えようと、無意識のうちに動かした腕がなにかにぶつかり、その拍子にテーブルの上に載っていたそれが床に落ちてしまう。

その大きな金属音に、二人はようやく我に返った。

足元を見ると、それは希望が大事にしているレシピノートを入れた缶箱だったので、レオは彼の父に駄目出しをされたような気がして、頭に上っていた血が一気に冷える。

「……す、すまない」

「……いえ」

急に恥ずかしくなり、互いの顔が正視できない。

焦ったレオはとにかく、蓋が開いて中のレシピノートが数冊床に散らばってしまった缶箱を拾い上げる。

が、内心の動揺が指先に伝わったのか、一旦手にした缶箱をさらに逆さまに落としてしまった。

「大事なものを、すまん……」

いったいなにをやっているんだ、と内心己の無様さに毒づきながら、逆さになってしまった缶箱を持ち上げる。

全部飛び出してしまったレシピノートを入れ直そうとして、レオの手がふと止まった。

箱の底に、なぜか不似合いな茶色い厚紙が敷き詰めてあったのだが、その中央部分が僅かに膨らんでいるのが気になったのだ。

「これは？」

「あれ……いつの間にこんな厚紙入ってたんだろ。確か、前はなかったはずですけど」

最近レシピノートを全部外へ出す機会がなかったから、気付かなかったと希望が呟く。

なぜだか妙にそれが気になって、レオは手近にあった鋏《はさみ》を取ってきた。

「中になにか入っている。外してみてもいいか？」

「は、はい」

希望の許可を得て、僅かな隙間に鋏の先端を差し込み、梃子《てこ》の原理で厚紙を外す。

するとその下から、一通の分厚い封書が出てきた。

その表書きには『希望へ』と書かれていた。

「父さんの字だ……！」

思わず息を呑む希望に、レオはそれを差し出した。

受け取って、希望は急いで中の便箋と書類を取り出す。

手書きの手紙にざっと目を通した希望は、困惑した様子でそれをレオに渡してきた。

「……読んでいいのか？」

その問いにこっくりするので、レオも紙面に視線を落とす。

どうやらそれは、病で死期を悟った彼の父が亡くなる少し前に書いたものらしく、自分亡き後の息子の身を案じた内容の手紙と遺言書だった。

希望の父は、息子が一号店をとても大切に思っていたことをよく知っていたのだろう。

希望が二十歳になったら、あの店の名義を希望に書き換えるよう正式に作成した遺言書を残していた。

手続きは義母に任せるようにと、手紙には書かれていたが。

「こんなこと……義母さんは一言も言ってなかった」

ぼそりと、希望が呟く。

「お父さんは後妻のことを、完全に信頼していたわけじゃなかったんだな」

「……え？」

「彼女がきみにこれを知られないように握り潰す可能性を考えて、この手紙をきみしか見ないここに残したんだろう。だが、妻を信じたい気持ちもあって、発見されるかどうかわからないようにしておいたんじゃないのか」

手紙の末尾には、なにか困ったことがあったら顧問弁護士の林《はやし》という人物を訪ねるようにと書かれ、締めくくられていた。

「おそらく、この弁護士がすべてを知っているはずだ。今すぐ連絡した方がいい」

「はい……！」

急いで携帯電話を取り出し、記録されていた番号にかける希望を見つめながら、レオは内心複雑な思いだった。

義母の策略で本来相続できるものや頼りにできる弁護士などを隠されていたのだから、希望には自分がいなくなっても守ってくれる存在があったのだ。

——なにを考えているんだ、私は……彼にとってはいいことじゃないか。

遺言書の発見で、想いを伝えそびれ、キスの件はうやむやになってしまったが、これでよかったのだとレオは自分に言い聞かせていた。

◇　◇　◇

こうして、ひょんなことから父の遺言書が発見され、希望はレオに勧められるますぐに林に連絡を取った。

林弁護士は、希望からの電話をとても喜んでくれた。

父とは大学時代の友人だという彼は、五十絡みの人の好さそうな風貌だった。

父から希望のことを気にかけてやってくれと常々頼まれており、何度か面会を希望したのだが、義母に『現在希望の保護者は自分なのだから、希望が二十歳になるまで会わないように』と一切の接触を拒否されていたのだという。

確かに保護者は義母なので、その要請を無下にはできず、林弁護士にはなす術がなかったようだ。

翌日彼の許へ遺言書を持っていくと、それに目を通した林はすぐに義母との話し合いの場をセッティングしてくれた。

事情を話すと、レオは多忙な中、仕事を抜け出して同席してくれると申し出てくれる。

こんなに甘えてしまっていいのだろうかとためらう気持ちがあったが、彼がいてくれるだけで百人力なので本当にありがたかった。

林弁護士事務所は新橋《しんばし》にあるので、希望は当日銀座にいるレオと待ち合わせ、タクシーで向かう。

あの晩以来、二人は不自然なくらい今まで通りに暮らしている。

彼に求められ、なんのためらいもなく応じていた自分がいまだに信じられない。

あのキスは、いったいどういう意味だったのだろう……？

その場で確かめなかった自分は、きっと勇気がないのだろう。

指先で、無意識のうちに首筋に触れてみる。

シャツの下に隠したそこには、まだあの晩レオが遺した紅い跡が残っていた。

もうすぐレオとは離れ離れになるのがわかっているのに、こんな風に心を残すようなことをしてしまい、希望は後悔していた。

つい隣に座るレオの端整な横顔を盗み見てしまうが、そんな自分を慌てて叱咤する。

——いけない……今は話し合いに集中しなくちゃ。

気を引き締め、タクシーを降りて林弁護士事務所のあるビルへ入る。

エレベーターを五階で降り、扉を開けると、事務員らしき女性が会議室へと案内してくれた。

見ると、すでに麻利子は先に到着していたが、その傍《かたわ》らにはすっかり夫気取りの岸谷もいた。

「すみません、遅くなりました」

希望が礼儀正しく会釈するが、麻利子はふん、と鼻を鳴らす。

「まったく、自分勝手に家を出ていったくせに、人を呼び出して今さらなんだっていうの」

「そうだよ、希望くん。麻利子は忙しいんだ。話なら早くすませてくれ」

「とりあえず、皆さんお座りください」

林に促され、渋々といった様子で二人が口を噤《つぐ》んだ。

その向かいに、希望とレオも席に着くと、義母が眉を吊り上げる。

「ちょっと、なぜ関係のない人がいるの？　あなた、火事の時にもいたわね。これは我が家のプライベートな問題よ」

「失敬、自己紹介が遅れました。私、こういう者です」

と、レオが彼女に名刺を差し出す。

「……あら、ルーヴァンヌの」

ブランド名と役職を確認すると、義母の態度が途端に軟化する。

彼女もまた、姉達のようにルーヴァンヌ信仰者なので、レオの名刺の威力は絶大だった。

「以前も希望くんの店の客だというお話はしたと思いますが、今回偶然お父上の遺言書を発見した際、立ち会っていたのです。その際の状況等を詳しく説明するため、本日は希望くんに同行させていただきました。お邪魔はしませんので、ご了承ください」

「ま、まぁそういうことならしかたないわね。林さん、始めてちょうだい」

ルーヴァンヌ一族の御曹司とツテができれば、などと取らぬ狸《たぬき》の皮算用をしたのか、義母はそれ以上レオを追い出そうとはしなかったのでほっとする。

「それでは、今回希望さんが発見された、一条一彰氏の遺言書を公表させていただきます」

と、林が封書をテーブルの上に広げる。

「……なんですって？　夫が遺した遺言書は私が持っているものだけのはずよ」

聞き捨てならないというように、義母が声のトーンを上げる。

「それが、氏は万一の場合を想定して、希望さん用のものを隠していらしたようです。こちらの遺言書と、麻利子さんが所有されている遺言書では内容にかなりの違いがありまして」

林の説明によると、麻利子所有の遺言書には『一条エンタープライズのチェーン店、及びすべての店舗の管理、経営を麻利子に託す』とあり、あらたに見つかった希望のものには最初は麻利子のものと同じ文面だったが、途中から『ただし希望が二十歳になったら、一号店の所有権は希望に移るものとする』という一文と、さらに『今後、麻利子が経営者としてふさわしくないと株主総会で判断された場合、一条エンタープライズの代表取締役は希望が就任することとする』とあった。

明らかに自分に不利になる内容に、麻利子は血相を変えて立ち上がった。

「そ、そんな話、私は聞いてないわ！　勝手に家を出ていったくせに、こんな偽物の遺言書を偽造してくるなんて、どこまで恥知らずなのかしらね、この子は！」

と、怒りの矛先を希望に向けてくるが、林が間に入って取りなす。

「まぁ、落ち着いてください。氏は二人の娘さん含めて、皆さん全員にその他の不動産や株券などを法的相続分に照らし合わせた分配をする旨を記されております。ですから、希望さんが先日ちょうど二十歳になられましたので、会社経営に関してはお二人で話し合われた方がよろしいのではないかと」

経験豊富そうな林も、麻利子が夫に自分が有利な遺言書を書かせてから時間が経ち、死を間近にしてその内容では息子の不利になることを案じて、一彰があらたな遺言書を作成したのだということは察しているようだった。

「ご存じかと思いますが、遺言書が二通発見された場合、日付けの新しいものの方が有効とされます。ですからこの場合、希望さんが発見された遺言書が氏の遺された正式な遺言書となります」

「じょ、冗談じゃないわ！　そんなの、私は認めませんからね！」

麻利子がバン、と平手でテーブルを叩いて立ち上がる。

が、そんな緊迫した空気の中、それまでずっと黙って話を聞いていたレオが、ふいに口を開いた。

「岸谷さん。失礼ですが、放火があったあの晩、どちらでなにをしていらっしゃいましたか？」

「……え？」

唐突な質問に、岸谷と麻利子がぽかんとしている。

「な、なんなの、急に。そんなこと、今遺言とはなんの関係もないじゃないの」

だが、そんな非難の眼差しをものともせず、レオが断言した。

「……間違いない。私があの晩、キッチン一条の前で擦れ違ったのは、この男だ」

と、まっすぐ岸谷を指差す。

――レオさん……？

突然爆弾発言をしたレオに、希望は戸惑いを隠せなかった。

一瞬、全員が凍りつき、言葉を失うが。

「な、なにを馬鹿なことを言ってるんだ！　そんな、言いがかりもはなはだしい！　なんの証拠もないじゃないか！」

真っ先に血相を変えて怒り出したのは、岸谷だった。

「ルーヴァンヌの男性用香水、『ダークナイト』をつけていますね？」

「……え？」

「自社製品の、それも日本支店開店記念として限定で発売されたばかりの新作です。私も記憶に新しい。あの晩、擦れ違った男からは確かに灯油と『ダークナイト』の香りがしました。今、あなたからも同じ香りが」

レオが冷静に指摘すると、岸谷は目に見えて狼狽し始めた。

「そ、そんなの……世の中にはいくらだってルーヴァンヌファンの男はいるだろう！　俺だって証拠はない！」

――香水……そういえば、義母さんが……。

言われて初めて、希望は義母が岸谷にその香水をプレゼントしていたことを思い出す。

義母と同じく大のブランド好きの岸谷が、ルーヴァンヌ日本出店記念限定品で限定千セットしか販売されていないレア物なのだと嬉々として自慢していたのだ。

岸谷とレオが顔を合わせるのは、これが初めてだ。

言われてみればレオが証言したモンタージュ写真や年齢、背恰好は岸谷によく似ていた。

「そうですね。ですが、私は自分が見たままを証言するだけだ。その辺は警察がじっくりアリバイやら動機やらを調べてくれるでしょう。『ダークナイト』は限定千セットしか販売されていないので、捜査もかなり絞り込めるはず。あなたに疾《やま》しいところがないなら、泰然と構えてらっしゃればいい」

岸谷の焦りを観察し、レオは彼が犯人だと確信している様子だった。

正直、灯油の臭いの方が強烈で、ほんのかすかに匂っただけの香水の香りが本当に『ダークナイト』だったのか正直自信がなかったのだが、敵は見事にハッタリに引っかかってくれたのだと後にレオが語ってくれた。

「私が警察に行き、捜査の末逮捕されるのと、自首するのとでは刑の重さに格段の差が出ますよ。今、この場で真実を告白するなら、私が警察へ通報するのは控えますがどうしますか?」

「うっ……」

レオに究極の選択を迫られ、岸谷はついに項垂れた。

「……麻利子からあらたな遺言書があるかもしれないって聞いて、それさえ燃えてしまえば会社は麻利子のものになると思ったんだ」

あっさり白状してしまった恋人に、麻利子が顔面蒼白になる。

「な、なにを言い出すの。あなたと籍を入れる約束なんかしてないじゃない！　勝手なこと言わないで！」

「そんな……店燃やしたら結婚してくれるって言ったじゃないか、だから俺は……」

「やめてちょうだい！　私はなにも知らない！　無関係よ、この人が勝手にやったことなんだから！」

見苦しい内輪揉めは、もううんざりだった。

ヒステリックに叫ぶ麻利子を無視し、レオが岸谷に追い打ちをかける。

「ここが一番確認したいところだ。正直に答えろ。いいな？」

「は、はいっ」

「店に火を点けた時、中に家出中の希望くんが寝泊まりしているのをおまえ達は知っていたはずだ。彼がいるとわかっていて火を点けたのは、彼を殺したいという明確な殺意があったということか」

レオの、切れ長の双眸《そうぼう》が怒りに燃えている。

まさに百獣の王の逆鱗《げきりん》に触れた、その迫力に気圧されたのか、岸谷はただ口を金魚のようにパクパクさせるばかりだ。

「答えろ！」

「ひぃっ！　だ、だから裏口に灯油を撒いて火を点けたんだ。正面から逃げられると思って。殺す気なんかなかった……！　俺は遺言書が燃えればそれでよかったんだ、本当だ、それだけは信じてくれ！　……それにその子が生きてた方が、過失で店に火を出したことになるから都合がいいだろうって、麻利子が……」

「この役立たず……！　余計なことをべらべら喋るしか能がないんだから！」

皆まで言わせず、突然立ち上がった麻利子が持っていたバッグを岸谷の肩に叩きつけた。

本革製の重量のあるバッグだったので、岸谷もたまらずよろめき、無様に床に倒れ込む。

「な、なんて女だ……！　おまえみたいな年増、財産がなかったら相手にするはずないだろうが！　くそ！　おまえみたいな女に引っかかったお陰で、俺の人生台無しだ。俺は実行犯で主犯はおまえだ。俺一人じゃ捕まらないからな！　おまえも道連れだ！」

「あんたの言い分なんか誰が信じるっていうの！　青年実業家なんて名ばかりの、ただのジゴロのくせに！」

本性を剝き出しにし、醜い言い争いを始めた二人を、希望は悲しみに胸を塞がれながら眺めていた。

人は本当に悲しいと涙も出ないものなのだな、と痛感する。

そんな希望を見かねたのか、レオが一喝した。

「見苦しい真似はその辺にして、二人ともさっさと出頭するんだな。ぐずぐずしていると私が先に通報するぞ」

「は、はい！　わかりました」

なんとか罪を軽くしたいと焦る岸谷は、麻利子など見向きもせず急いで部屋を出ていってしまう。

「ちょっと、待ちなさい！」

彼に好き勝手に供述されてはたまらないと麻利子もそれを追いかけ、室内は急に静かになった。

「いやはや、まさかこんなことになるとは……驚きました」

現場に立ち会っていた林が、ようやく口を開く。

「後は警察の捜査が終わらないとなんとも言えませんが、麻利子さんが逮捕された場合、一条氏が指摘された『経営者としてふさわしくない』事態に相当することになりますので、その場合希望さんが一条エンタープライズの代表取締役に就任することとなります」

「俺が、取締役に……？」

にわかには信じられず、希望は茫然とするばかりだった。

その後の、警察での麻利子の供述によると。

父は死の間際、一号店だけは二十歳になったら希望名義にしてやりたい、そう遺言書を書き換えたいと何度も妻に訴えてきたが、彼女を頑としてそれを許さなかったらしい。

そんな彼女に落胆した父は、最期の力を振り絞って書き換えた遺言書を作成し、それを見舞いにきた持田にひそかに託した。

そして、二十歳になったら希望にその存在を知らせるように頼んだのだ。

そんな大切なものの隠し場所に困った持田は、それを希望が大事にしているレシピノート入れの缶箱に隠したというわけだ。

一方、麻利子は麻利子で、夫があらたな遺言書作成を諦めたかどうか自信がなかった。

もしかしたら、それは店のどこかに隠されているかもしれない。

そして、その内容は一号店だけでなく会社の経営権において希望を優遇し、自分に不利な内容になっているかもしれない。

希望の二十歳の誕生日が迫るにつれ、疑心暗鬼になっていたところを岸谷の甘い言葉に騙され、奪われる前に保険金目当ての火災を起こして店を焼失させてしまえば遺言書も燃えて一石二鳥だと思ったらしい。

『屋敷の希望の部屋は何度も捜したが見つからなかったので、きっと一号店に隠してあるのだと思った』と麻利子は供述したようだが、まさかそんなことをしているとは知らず、希望は驚いた。

だが、言われてみれば店を訪れる時、集金にしか興味のない彼女が、なぜか厨房や休憩室を意味もなく見回っていることが多かったような気がする。

あれは清掃状況をチェックしているのかと思っていたが、今にして思えば遺言書の隠し場所を捜していたのかもしれない。

だが、いつも厨房の片隅に置かれていた、薄汚れて年季の入ったレシピノート入り缶箱など、麻利子は見向きもしなかったのだ。

『なにごともなければ、お父さんは麻利子さんに会社を譲るつもりだったんだ。だからなにがあっても遺言書の存在は、きみが二十歳になるまでは決して教えないでくれと頼まれていたんだよ。すまなかったね、希望くん』

後に事情を聞くため、弁護士と共に再会した持田は、そう謝ってくれたが、希望は父の頼みを聞いてくれた彼に感謝こそすれ、恨んだりするはずがなかった。

奇しくも、誕生日に遺言書が偶然発見されたのも、神の思し召しかもしれないと希望は思った。

それもこれも、すべてレオのお陰だ。

彼が自分をあの火事から救い出してくれなかったら、今頃この世にはいなかっただろうし、彼があの時父の遺言書を発見してくれなければ、会社はさらに義母の好き勝手にされ、手遅れになっていたかもしれない。

本当に、彼にはなんと感謝していいかわからない。


その晩、希望はいつにも増して念入りに下拵えをし、時間をかけて何品も料理を作った。

どれもレオの好物ばかりだ。

彼が意外に和食好きだというのも共に暮らし始めて知ったので、今夜はあっさりとしているが手の込んだ煮物や彩り鮮やかなちらし寿司が食卓にずらりと並ぶ。

「今日は随分ご馳走だな」

いつもの時間に帰宅したレオも、驚いてはいるが嬉しそうだ。

「もうすぐレオさんの帰国だから、ちょっと頑張っちゃいました」

少しおどけて、希望はささやかな嘘をついた。

本当は、今夜が二人でいられる最後の夜だから。

レオの返事次第では、今夜ここを出ていくつもりだった。

そして、いつものように二人での夕食が始まる。

あの一件以来、レオはなにも言ってくれない。

やはりあのキスはただの気まぐれだったのだろうか、とさんざん悩んだ末、希望は勇気を振り絞ってついに自分から切り出すことにしたのだ。

「ご馳走さま、どれもとてもおいしかった」

「お粗末さまでした」

食洗機で後片付けをすませ、キッチンもきちんと整頓してから、ついに希望はリビングにいるレオの許へと歩み寄った。

「レオさん」

ソファーの、彼の向かいの席に腰掛け、思い切って切り出す。

希望にとっては、まさに一世一代の大きな賭けで、緊張でひどく唇が乾いた。

「あの時のキスは……俺が従妹に似ているから、だったんですか？」

それでもなんとか言葉を絞り出すと、レオが顔を上げ、目が合った。

どうか、違うと言ってほしい。

もし違うと言ってくれたなら、たとえ帰国前の一夜の遊びでかまわないから、羞恥をかなぐり捨て、このまま彼の腕に飛び込もうと、そう決めていた。

だが。

「……そうだ」

一拍置き、きっぱりとしたレオの返事に、僅かに縋っていた望みは粉々に打ち砕かれた。

受けた衝撃を隠すため、希望はなんとか明るくふるまう。

「……はは、ですよね。俺、ちょっと勘違いしちゃって。すみませんでした。忘れてください」

あまりに彼が優しくしてくれるから、助けてくれるから、ひょっとして……などと淡い期待を抱いてしまっていた自分が恥ずかしかった。

レオにとって、自分は放っておけない哀れな子供で、『シンデレラ』の面影を彷彿《ほうふつ》とさせるただの身代わりでしかなかったのだ。

これ以上そばにいたら泣いてしまいそうだったので、希望は立ち上がり、レオに向かって深々と頭を下げた。

「……実は今日で、ここを出ていこうと思っています。林さんがいい部屋を紹介してくださったんで、そちらに移ることにしました」

これ以上、別れを引き延ばせばつらくなるだけだ。

希望は必死に笑顔を作り、そう告げた。

「……そうか」

本当は、心のどこかで帰国日までここにいろと言ってもらいたいと願っていた。

だが、レオはなにも言わなかったので、それが答えということなのだろう。

「レオさんには、本当にいくら感謝してもし足りないくらいお世話になりました。今まで……ありがとうございました」

「こちらこそ、世話になった」

さようなら、と彼の唇が動くのを見たくなくて、希望は思わず顔を背けていた。

そのまま急ぎ足で自室に入り、まとめておいた荷物を手に玄関へ向かう。

「……お元気で」

かろうじてそう挨拶するのが精一杯で、希望は急いで部屋を出て、背中でドアを閉めた。

「う……く……っ」

約一月、彼と暮らしたマンションを出て、舗道を歩き出すと、レオの前では必死に堪えていた涙が溢れる。

もう二度と会えないのだと思うと、半身を引き裂かれるほどつらかった。

こんなに、好きなのに。

――知らなかった……失恋って、こんなに苦しいんだ。

こんな風に、胸が張り裂けそうになる思いは今まで経験がなく、どうしていいかわからず途方に暮れながら、希望はとぼとぼと夜道を歩き始めた。


その日から、希望は新しいマンションに移り、一人暮らしを始めた。

林の計らいで父の預金も使えるようになったので、無事引っ越し費用も捻出できた。

一度、残した荷物を取りに久しぶりに実家に戻ると、今までの横暴ぶりが嘘のように萎《しお》れた姉達が出迎えてくれた。

あの後、岸谷の自首で麻利子は主犯として逮捕され、突然母親という後ろ盾を失った二人はこれからどうすればいいのか途方に暮れていたようだ。

『あんた、私達を追い出しに来たの？』

新しい遺言書に添えば、むろんこの屋敷も希望のものだったのだが、その姿があまりに不憫だったので、希望は『この屋敷に住み続けてかまわないから、これからはご自分達で働いて自活してください』と言い置き、身の回りの荷物と共に住み慣れた屋敷を後にした。

心機一転、出直すつもりでもう過去は振り返らないことにした。

レオのお陰で、父の会社を取り戻すことができ、一号店も再建させられそうで、失ったものは戻ってきた。

だが、希望の心にはぽっかりと大きな穴が空いたままだった。

やるべきことは山積みで、張り切らなければいけないところなのに、なにをしても力が入らない。

日中はあれこれと手続きに忙しく気が紛れるが、部屋で一人になるとレオが恋しくて、会いたくて、涙を堪えられない晩が多かった。

そうしている間にも、レオの帰国日は刻一刻と迫っている。

こうやって一人で泣いて、またなんの努力もせず、唯々諾々とすべてを諦めるのか？

希望はそう自問自答する。

それでは、今までとなにも変わらない。

その時、希望の脳裏にいつかのレオの言葉が蘇《よみがえ》った。

『きみは、無駄にした今までの時間を、きみ自身に謝るべきだ』

そして、自分自身の人生を歩むべきだと彼は言った。

その言葉に、背中を押されたような気がした。

フラれても、疎まれてもいい。

まだ自分は全力で彼にぶつかっていないのだから、せめて全身で体当たりしてから玉砕したかった。

そう腹を決めた希望は、携帯電話を取り出し、後藤の番号にかけた。

ややあって、相手が出ると、一息に告げる。

「お忙しいところすみません。お願いがあるんですけど……」

◆　◆　◆

どれだけ後ろ髪を引かれても、心を残しても、無情に時は過ぎていく。

そして、ついに帰国当日。

スーツケースを携えたレオは、タクシーで成田《なりた》空港へと到着した。

思ったよりも道が空いていて、搭乗予定の午後二時発のパリ行きの便には、まだ少し時間がある。

カフェにでも入るかと腕時計で時間を確認していると、不意にぽんと肩を叩かれた。

振り返ると、そこに立っていたのは泰隆だ。

「なんだ、見送りはいいと言っただろう」

泰隆は日本支社所属となるので、このまま日本に残ることになる。

湿っぽくなるのが嫌いなレオは、絶対に見送りには来るなと釘を刺しておいたのだが、従弟は素知らぬ顔だ。

「あら、そうだった？　恋に破れて、一人寂しく帰国する男の顔を見てやろうかしらと思って来たのよ」

「……恋に破れてなんかいない」

正確には、まだ恋すら始まっていなかった。

彼とはたった二度、唇を交わしただけ。

だが、レオにとっては生涯最高の片思いになりそうだった。

「あら、じゃ訂正するわね。フラれるのが怖くてまともに告白もせず、尻尾を巻いて帰国する男の顔、よ」

「……随分と手厳しいな」

舌鋒鋭い泰隆に、レオは苦笑するしかない。

「なぜ希望くんに言わなかったの？　ちゃんと告白したら、もしかしたら一緒にパリについてきてくれたかもしれないのに」

「バカを言うな。彼は父親から譲り受けた大切な会社があるんだ。彼には日本でやらなければならないことがある。その邪魔はしたくない」

あの時、希望の問いに『違う、きみだからキスした』と答え、欲望のままになりふりかまわず彼を我が物にし、攫っていくのは容易《たやす》かった。

だが、それは果たして本当に彼のためになるのだろうか？

分別のある大人だからこそ、レオは踏み止まった。

誰よりもなによりも愛しているからこそ、彼を手放す決心をしたのだ。

……などと冷静ぶっているが、受けたダメージは限りなく大きい。

希望が出ていった後のマンションに一人で暮らすのがつらく、帰国までの数日をレオはまたホテルに移ってやり過ごした。

希望の手料理に慣れた身に外食は重すぎて、また食欲も落ちている。

本当なら仕事もなにも投げ出して、酒でもかっ食らってふて寝してしまいたい。

機上なら地上より酔いの回りが早いので、失恋後の自棄《やけ》酒にはうってつけだとレオは思った。

口では強がりながらも、レオが悄然としているのを見ると、なぜか意味深な含み笑いを浮かべた泰隆が一歩右に避けた。

「ちょっと早いけど、私からのクリスマスプレゼントよ。受け取ってちょうだい」

「クリスマスプレゼント……？」

いったいなにを言っているのか、とレオが訝しむと、空港を行き交う雑多な人混みの奥から、一人の青年がまっすぐこちらに向かって歩いてくるのが見えた。

ここに来るはずのない相手に、レオは思わず目を見開く。

なんと、そこに立っていたのは旅仕度を整え、スーツケースを引いた希望だった。

あまりに驚いたので、未練がましく彼の幻覚を見たのかとすら思ってしまったが、どうやら本物のようだ。

「な、なぜここにいる……？」

たっぷり一分は沈黙した末、レオは喘ぐように尋ねる。

「なぜって、俺も乗るからです。午後二時発パリ行きの便に」

レオの動揺っぷりとは裏腹に、希望は慌てず騒がずにっこりした。

「シートは隣同士を予約しといたわよ♡」

と、泰隆の合いの手が入る。

「な、なぜだ……」

茫然と、もう一度呟くと。

「まず最初に、聞いてくださいい。俺はあなたに謝らなければならないことがあるんです」

神の前で懺悔《ざんげ》するように、希望が深々と頭《こうべ》を垂れた。

「……実は、『シンデレラ』は従妹なんかじゃなくて……俺だったんです。騙していてごめんなさい……！」

女装していたと白状するのは相当恥ずかしかっただろうに、それでも希望はけじめをつけるためにそう打ち明けてくれた。

「えっと、それで……レオさんに言われた通り、これからは自分の思うままに、やりたいように生きることに決めました」

ずっと隠さなければならなかった秘密を暴露し、幾分すっきりした顔で希望が続ける。

一条エンタープライズはしばらく持田シェフや父の代からの重鎮達に全権を委任し、自分はまず本場パリの調理師専門学校に入学し、そちらで資格を取ることを決めたのだと。

「レオさんが攫ってくれないから、俺、自分から押しかけることにしたんです。これが、俺が今一番したいことだから」

「希望……」

「だから、嘘ついてたこと、許してもらえないかもしれないけど……邪魔にされても勝手についていくので、おかまいなく」

控えめな彼のことだ、おそらく一生分の勇気を振り絞ったのだろう、最後に早口にそう告げた彼の耳朶《みみたぶ》は、羞恥のせいか真っ赤に染まっていた。

そんな可愛らしい、最愛の相手を前に、驚異的な精神力で無理やり抑えつけていたレオの内の野獣がついに解き放たれた。

「……泰隆、今日の飛行機は二人ともキャンセルだ」

「え？」

「察しろ……！　こんな状態で飛行機になんぞ乗れるはずがないだろう！」

レオが吠えると、泰隆も我が意を得たりとにんまりする。

「うふふ、了解♡　明日の午後便に変更しとくわ。本店にはあんたはよんどころない事情により、一日帰国を延期するって言っとくし。ごゆっくりどうぞ♡」

「頼んだぞ」

短く礼を言い、レオは希望の腕を摑んでつかつかと歩き出す。

「あ、あの……怒ってますか？　俺が『シンデレラ』だったこと」

「そんなことはどうでもいい」

勇気を振り絞って謝罪したらしい希望は、その素っ気ない返事に茫然としている。

どちらの彼にも夢中だと自覚があるレオにとって、そんな瑣末なことは本当にどうでもいいことだったのだ。

「どこへ行くんですか……？」

「黙ってついてこい」

半ば希望を引きずるような勢いで連れ去ったレオは空港前でタクシーを拾い、二人分のスーツケースをトランクに押し込むと「ここから一番早く着けるホテルを頼む」と運転手に告げた。

それを聞いた希望の耳が、ますます紅くなるのが可愛いと思った。

◇　◇　◇

――ど、どうしよう……いきなりホテルだなんて。

てっきりあのままパリへ発つとばかり思っていたので、この急展開に希望は動揺を隠せなかった。

レオの帰国まで時間がなく、下準備はそれこそ超特急だった。

パリの調理師専門学校に通いたいと打ち明けると、持田は快く、行っておいでと背中を押してくれたのだ。

会社の経営陣には、まだ麻利子が取り立てた彼女の親族が残っており、彼らの扱いが難しかったが、彼女の逮捕により、自身の立場を危ぶんだのか今のところ真面目に務めてくれているので、しばらく様子を見ることになった。

それから大急ぎで学校の資料を取り寄せ、出立ぎりぎりになんとか手続きを終えて空港に馳せ参じたというわけだ。

実を言うと、まだ住居すら決まっておらず、行った先でアパルトマンを探すつもりだった。

自分に、まさかこんな大胆なことができるなんて夢にも思っていなかった希望である。

一生分の勇気を振り絞り、押しかけ女房で当たって砕けてみるつもりだったのに、レオはあっさりと自分を受け入れてくれて、拍子抜けしてしまう。

だが、当のレオは話しかける隙もなく、フロントでキーを受け取るとかなりの早足で行ってしまうので追いつくのも大変なほどだ。

案内された部屋はエグゼクティブフロアにある、ツインルームだった。

荷物を運んでくれたポーターが去ると、レオがぼそりと告げる。

「急だったから、スイートが空いていなかった」

「そんな……ここで充分です」

本当にそう思ったので答えると、レオが空港で会ってから初めて、じっと見つめてくる。

「あ、あの……」

「せっかく私が身を引いてやったのに、飛んで火に入る夏の虫とはこのことだな」

抑えに抑えた箍が外れた、危険な眼差し。

まるで絶食後の猛獣の前に引き据えられた小動物になったような気がして、希望は一歩後じさる。

「レ、レオさん……？」

「同居している間、どれだけ私が我慢してきたかわかるか？　大人を煽った罰だ。骨までしゃぶり尽くすくらい可愛がってやる」

「お、俺だって二十歳になりました！」

つい負けずに虚勢を張ってしまうが、強い力でベッドの上に組み敷かれ、レオの端整な美貌が目近まで迫ると、一気に心拍数が急上昇してしまう。

彼と、こうなる覚悟はしてきた。

「……でもこういうの、初めてなので……」

つまらなかったらごめんなさい、と小声で呟くと、なぜかレオが低く唸る。

「もう我慢できん。私がきみの、最初で最後の男になる。他の人間には指一本触れさせない。いいな？」

それが、実質的なプロポーズだと理解するまでにしばらく時間がかかった。

あまりに突然だったので、動揺した希望は一拍考え込み、「え、でも俺男だし……第一、一度もしてないのにそんな重大なこと決めてしまっていいんですか？」と真顔で聞き返してしまう。

すると「そういうところも可愛いんだがな」と、ぼやきながらレオが荒々しい仕草で上着を脱ぎ捨て、ネクタイを抜き取った。

「もういい、とにかく話は終わってからだ」

その所作にとてつもない大人の男の色気を感じ、希望はごくりと唾を呑む。

この期に及んでシャワーを、などと言い出したらレオに嚙みつかれそうだったので、希望も急いでシャツのボタンを外そうとした。

が、やはり初めてのことで緊張しているのか、指先が震えてなかなかうまくできない。

「私がやる」

するとさっさとワイシャツをかなぐり捨てたレオが、横からそれを奪い取り、プレゼントの包装紙を剝ぐような手付きで希望を生まれたままの姿にした。

恥ずかしい、と思う暇もない早業だったので、やっぱりこの人は経験豊富なんだなと思うと少しだけちりりと胸が痛む。

だが、再びその逞しい腕に抱きしめられると、そんなことは頭から吹き飛んでいた。

一月以上共に暮らしたのに、よくも今までこの衝動を抑えられたものだと感心する。

ずっとずっと、こうしてほしいと思っていた。

彼の温もりを肌で感じたいと切望していたのだと、思い知らされる。

クイーンサイズのベッドに再び押し倒されると、レオのさらなる濃厚な口付けが襲ってきた。

「は……ん……っ」

息継ぎがうまくできず、希望は酸素を求めて薄い胸を喘がせる。

するとその様が可愛いと言って、レオはさらに猛って挑んできた。

互いの身体を愛撫し、まさぐる。

野生の獣の子供がじゃれ合うように四肢を絡ませ合い、二人は飽きることなくキスに没頭した。

もう、他にはなにも目に入らない。

ただただ、お互いに夢中だった。

「ぁ……っ」

薄い胸の尖りを標的にされ、交互にしゃぶられて背筋にぞくりと電流が走る。

今まで存在すら意識したことのなかった器官を弄られ、こんな風に感じてしまうなんて。

「感じやすい身体だ」

と、妙に嬉しそうに言われ、頬が熱くなった。

「……今の、おじさんっぽい発言ですよ」

はぁはぁと息を弾ませながら、悔し紛れにそう突っ込むと、レオは器用に片眉だけを吊り上げてみせる。

「ほう、その憎まれ口がどこまで叩けるかな?」

しまった、今のはまずかったかもしれない、そう後悔してもあとのまつりだ。

それから希望が半泣きで許しを乞うまで、レオの濃厚な前戯は延々と続いた。

とはいえ、敏感な個所を刺激し、さんざん感じさせているくせに、肝心の屹立《きつりつ》には一切触れてくれないので、そのもどかしさに耐え切れず、希望は自分で手を伸ばす。

が、それを見越していたレオにすかさず阻《はば》まれてしまった。

「おっと、いけない子だ。自分でするなんて」

「だ、だって……」

あなたが触ってくれないからだ、と恨めしげに視線で訴えると、レオの大きな手のひらがようやくそれをそっと包み込んできた。

「こんなに待ったんだ。少しでも長く愛し合いたい」

そのさりげない言葉に、胸がきゅんとした。

「レオさ……ぁ……っ」

優しく刺激され、ようやく与えられたその快感に足先までつっぱり、シーツの上に弧を描く。

行為に慣れていない希望がすぐにイかないように緩急を加減しながら、レオは大きく下肢を開かせ、ひそやかな蕾《つぼみ》に指先を伸ばした。

「……ぁ……」

今まで誰にも触れられたことのない箇所に触れられ、希望がびくりと反応する。

「そう緊張するな」

「ん……っ」

唇を噛み締め、なんとか身体の力を抜こうと努力しているうちに、レオの指は巧みに蕾へと侵入してくる。

「……っ」

今まで経験したことのない、身体を内側から探られる感触に希望はぶるりと身を震わせ、声を上げそうになるのを必死に堪えた。

レオは慎重に指を増やしていき、狭い蕾を舌と唇で丹念に馴らしていく。

「ぁ……ぅ……っ」

一方、希望はといえば、あられもない恰好をさせられているのを恥ずかしいと思う余裕すらなく、ただせわしなく喘ぐことしかできない。

「それ……も……や……っ」

涙を眦《まなじり》に溜め、なんとかそう訴えたが、レオは歯牙にもかけない。

「我慢しろ、おまえを傷付けたくない」

「レオさ……ん……っ」

希望にとっては甘美な拷問とも言える時間が続き、ようやくレオが納得した頃には、すでに喘ぎすぎて声も嗄れているような状態だった。

「……ぁ……」

体勢を変え、くったりとしてしまった希望をレオが再び組み敷く。

「すまん……我慢の限界だ。優しくしてやれんかもしれない」

必死に欲望を堪えているのか、そう低く唸るように告げる。

「いいんです……俺もそう望んでるから」

だから、好きにして。

そう耳元に囁き返すと、『だから大人を煽るなと言うのに』とまた叱られてしまった。

その言葉通り、体格に見合う大きさの彼の屹立は痛いほど反り返っている。

同性同士の場合、どうするのかはなんとなくわかってはいるのだが、こんな大きなものが、果たして本当に入るのだろうか……？

不安がよぎるが、彼と一つになりたいという欲望の方が勝った。

「力を抜け」

「は……ぁ……っ」

促されるままに息を吐き、なんとか彼を受け入れられるよう努力する。

が、その圧倒的な質量と衝撃はやはりかなりのものだった。

「あ……ぁぁぁ……っ！」

無意識のうちにレオの背に爪を立ててしまい、慌てて放す。

「ごめ……んなさい」

「気にするな。苦しいなら嚙みついてもいい」

そう囁いた彼の眼差しは、びっくりするほど優しくて。

「……うん」

希望もなぜかほっとして、力が抜けた。

「ぁ……ん……っ」

時間をかけて、ゆっくりと慎重に。

レオが身を進めてくる。

「は……ぁ……っ」

丹念に馴らしてもらったお陰で、傷付くことなくなんとか最後まで受け入れることができた。

そうして初めて深く繋がった状態で、二人はキスを繰り返した。

何度しても、し足りない思いが募る。

「レオさん……」

「恋人をさん付けする奴があるか。レオと呼べ」

「……レオ」

命じられるまま、そっと呼んでみると、彼は殊《こと》のほか嬉しげな表情になった。

「もう一度、だ」

「レオ……」

「もっと」

求められるままに、希望は彼の名を何度も何度もその耳元で呼んでやる。

が、次第に荒々しさを増していく彼の律動に翻弄《ほんろう》され、その声は切れ切れに途切れていった。

「レオ……っ、あ……ぁぁ……っ！」

「希望……っ」

無我夢中で求め合い、抱き合う。

自身の内に、彼がいる。

それだけで、希望は深い充足感に満たされた。

「愛してる」

平素のように、少しぶっきらぼうに、けれど万感の想いを込めた言葉が希望の耳朶を打つ。

それを聞き、希望は汗に濡れた面を上げ、淡く微笑んだ。

「……俺も、愛してます」


初めての希望は慣れない行為ですでにぐったりだったが、レオにしては興奮に流され、なんとも不本意な、男子としてあるまじき早さだったらしい。

「……今のは本気出してなかった。リベンジでもう一回だ」

「初心者相手に無理言わないでください」

間髪をいれず挑まれ、とにかく休憩を入れてくれと要求すると、レオは「少しだけだぞ」と言いながら希望を背中から抱きしめてきた。

もはや一ミリたりとも放したくないという態度に、希望は自然に笑みが零れる。

「まだ、夢を見ているみたいだ」

「……俺も」

背中越しに、彼の鼓動を感じる。

まだ互いの心音は波打っていて、初めての行為の余韻を引きずりながら希望は頬を染めた。

「そうだ、話をしないと……」

「話？　なんの話だ？」

「なにって、さっきいろいろあったけど、話は後だって。俺も聞きたいこと、あるんです。たとえば俺が、その……『シンデレラ』だっていつから知ってたんですか？」

「ああ、そのことか。そんなことはもう、どうでもいいと言っただろう」

「よくないですよ、俺が気になります」

頬を膨らませて抗議しても、レオはにやにやと笑っていて教えてくれないが、ふいに耳元で「おまえと『シンデレラ』が同一人物で本当によかった」と囁いてきたので、希望は耳まで紅くなる。

「それから……本当に俺、あなたについていっていいのか、とか」

「なんだ、押しかけ女房が随分と弱気じゃないか。なにがあってもついてくるんじゃなかったのか？」

「それはそうなんですけど……」

まだ、レオの気持ちをはっきりとは聞かせてもらえていないだけに、希望は少し不安だった。

するとそれに気付いたのか、レオが手を伸ばしてきた。

「安心しろ。おまえがやっぱり帰ると言ったって、絶対に帰さない」

「レオ……」

「私が、どれだけきみをこうしたかったかわかるか？」

愛おしげに髪に触れられ、希望はその大きな手のひらに頬を擦り寄せる。

「……俺だって」

愛おしげに希望の髪に口付け、レオが囁いた。

「日本では車に乗れなかったからな。パリに戻ったら私の愛車でドライブしよう」

滞在中は仕事三昧だったので、デートらしいデートもできなかったことが心残りだった。

レオがそう告げると、希望が「パリに行って、思う存分デートすればいいんですよ」と可愛いことを言う。

「そうか、それは楽しみだな」

「ふふ、俺もです」

二人で顔を見合わせ、ひとしきり笑った後、ふいにレオが真顔に戻って言う。

「結婚しよう、希望」

「……え？」

あまりに唐突で、希望は一瞬聞き間違いかと思ってしまったが、レオは真剣だった。

「さ、さっきの……本気だったんですか？」

焦ってベッドの上で跳ね起き、ついそんなことを確認してしまう。

「当たり前だ。フランスでは同性結婚が認められている。すぐには無理かもしれんが、向こうに着いたら結婚を前提に私と暮らしてほしい。嫌か……？」

驚きのあまり硬直している希望に、レオが不安そうに問いかけ、希望はようやく我に返り、ふるふると首を横に振った。

「いいえ、いいえ……嫌じゃない、です。でも……」

ルーヴァンヌ一族は現在、派閥争いで揉めている最中だというのに、レオが同性結婚などしたらますます槍玉にあげられてしまうのではないか。

自分の存在がレオの足枷《あしかせ》になるのが、希望はなにより心配だった。

「あちらに戻ったら、叔父貴との決着もつけねばならん。多少ごたごたが起きるかもしれないが、結婚しろしろとさんざんせっつかれていたから、ちょうどいい機会だ。叔父貴の度肝を抜かれた顔が目に浮かぶな」

「レオ……」

「私はようやく最愛の伴侶を見つけたんだ。誰に恥じることもない。全世界に向けて自慢したいくらいだ。だから頼む。おまえがこのプロポーズを断るなら、私は間違いなく生涯独身になる」

怖いくらいに真剣な表情で、レオが返事を待っている。

こんな風に、誰かに愛してもらえる日が来るなんて、想像もしていなかった。

目立たず、ひっそりと街の片隅で生きてきたこんな自分を、彼は一度も抱かないうちから永遠の愛を誓ってくれたのだ。

ならば、自分も全力をもってそれに応えよう、この先ずっと彼を支えていこう。

そう希望も腹を決める。

「こ、こちらこそ……不束者ですが、よろしくお願いします……っ」

ベッドの上で律儀に正座し、頭を下げるとぽつりと水滴がシーツに落ちる。

人間は嬉しくても涙が止まらなくなるのだと、希望は初めて知った。

堪え切れずに嗚咽を漏らすと、レオが力強い腕で抱きしめてくれる。

出会いは、奇跡に等しい偶然だった。

だが運命の糸は、確かに自分達の間に存在していたのだと希望は実感する。

つらいことも悲しいこともあったが、こうして最愛の伴侶を得られ、希望は至上の喜びを噛み締めていた。

「クリスマスとニューイヤーはパリで迎えることになるな。その前にもたっぷりデートして、二人きりで過ごそう。もう一生放さないから、覚悟しておけ」

「レオ……っ」

耳元でそう囁かれ、希望は泣き笑いの笑顔をみせる。

童話のシンデレラは、王子様と結婚してめでたしめでたしとなるが、現実はそう簡単にはいかないだろう。

だが、彼と二人ならばどんな困難にも立ち向かっていける。

人生の重荷は二人で半分に分け合い、喜びは二人で二倍にしていけばいい。


彼らのロマンスは、これから始まる。

あとがき

こんにちは、真船《まふね》です。
今回、完全無欠と見せかけて、その実かなりの残念攻めだったので、個人的にノリノリでした。
残念攻め、大好物なんです！（笑）
初めはツンデレ毒舌だったレオですが、希望《のぞむ》可愛さに辛抱堪らず溺愛彼氏になってしまったので、今後は開き直ってさらにベッタベタに可愛がるんだろうなぁ、などと妄想しては楽しんでます（笑）

いつもながら、緒田涼歌《おだりょうか》さまには大変お世話になりました。
表紙の二人が特にお気に入りです♡
緒田さんの花嫁くんを見てうっとりするのが、日々私の生きる糧であり、なおかつ萌えの原動力になっています！
お忙しいところ、素敵なレオと希望を本当にありがとうございました。

というわけで、次もまた読んでいただけたら、これに勝る喜びはありません。

商業情報は以下のブログで発信しています。

新刊発売の前には情報アップしているはずなので、よかったらときどき覗いてみていただけると嬉しいです♡

Happy Sweets
http://runoan.jugem.jp

真船るのあ

CROSSNOVELS好評配信中！

携帯電話でもクロスノベルスが読める。電子書籍好評配信中!!

いつでもどこでも、気軽にお楽しみください♪


QRコードで簡単アクセス！

とろける蜜月

「狂恋」番外編

秀　香穂里

illust 山田シロ

幼馴染みであり同僚の敬吾と恋人になった優一は、蜜月生活の真っ最中。だが、仕事でウェディングドレスを着ることになり、欲情した敬吾にオフィスで押し倒されてしまう!?

神聖なる職場で、イケナイことなのに、身体は淫らに反応してしまい――。

電子書籍限定の書き下ろし短編!!

秘蜜 - まどろみの冬 -

「秘蜜」番外編

いとう由貴

illust 朝南かつみ

英一と季之の羞恥奴隷となった佳樹は、快感に流されやすい自分を恥じていた。だが、手練手管に長けた二人からの責め苦に翻弄されてしまう。そして今夜も、車内露出から非常階段での凌辱コース。いつ誰かに見られるかもしれないスリルに、身体は何故か昂ぶってしまい!? 大好評スタイリッシュ痴漢『秘蜜』の同人誌短編、ついに電子書籍に登場！

おしおきは甘い蜜

「甘い蜜の褥」番外編

弓月あや

illust しおべり由生

幼い頃から兄のように慕っていた秋良と結ばれ、花嫁になった瑞葉。自分のことを宝石のように大事にしてくれる秋良を愛おしいと思いながらも、ややエスカレートしがちな彼の愛情に、瑞葉は戸惑いを感じ始めて――!?

夫婦の営み、お仕置き、隠し撮り短編に、ちっちゃい「みじゅは」短編をプラス。『甘い蜜の褥』同人誌短編集第一弾、ついに電子書籍に登場！

CROSS NOVELSをお買い上げいただき
ありがとうございます。
この本を読んだご意見・ご感想をお寄せください。
〒110-8625
東京都台東区東上野2-8-7　笠倉出版社
CROSS NOVELS 編集部
「真船るのあ先生」係／「緒田涼歌先生」係

CROSS NOVELS

花嫁はシンデレラ

著者
真船るのあ

2013年12月23日　初版発行　検印廃止

発行者　笠倉伸夫
発行所　株式会社　笠倉出版社
〒110-8625　東京都台東区東上野2-8-7　笠倉ビル
[営業]TEL　03-4355-1110
FAX　03-4355-1109
[編集]TEL　03-4355-1103
FAX　03-5846-3493
http://www.kasakura.co.jp/
振替口座　00130-9-75686
印刷　株式会社　光邦
装丁　磯部亜希
ISBN　978-4-7730-8688-1
Printed in Japan

CROSS NOVELS